James Marrison

Stadt der Verschwundenen

Aus dem Englischen von Arno Hoven

be THRILLED

beTHRILLED

Vollständige ePub-to-Print-Ausgabe des in der Bastei Lübbe AG erschienenen eBooks »Stadt der Verschwundenen« von James Marrison

beTHRILLED by Bastei Entertainment in der Bastei Lübbe AG

Titel der englischen Originalausgabe: »Habeas Corpus«
Originalverlag: Penguin Books Ltd., London

Textredaktion: Ralf Reiter
Lektorat/Projektmanagement: Rebecca Schaarschmidt
Covergestaltung: Chrissie Salz unter Verwendung von Motiven © iStock.com//Antagain, © iStock.com/ zhudifeng, © iStock.com/ francescoch, © shutterstock/Liderina, © shutterstock/Kichigin
Satz: 3w+p GmbH, Ochsenfurt
Druck: Books on Demand GmbH, Norderstedt

ISBN 978-3-7413-0041-7

www.be-ebooks.de
www.lesejury.de

James Marrison

Stadt der Verschwundenen

Über den Autor

James Marrison absolvierte ein Geschichtsstudium an der Universität in Edinburgh, wo er sich vor allem mit den Ursprüngen des FBI befasste. 1996 zog er dann nach Buenos Aires, wo er bis heute lebt. Er arbeitet dort als freier Journalist für verschiedene Zeitungen und Magazine in Argentinien und England.

Prolog

Als ich von der Arbeit nach Hause kam, wartete auf dem Tisch des Vorbaus ein Päckchen von meinem Bruder Carlos auf mich. Als ich es verschwommen durch das Fenster erblickte, erinnerte ich mich urplötzlich an den Tag, an dem ich dieses Haus zum ersten Mal gesehen hatte. Seit mehr als zwanzig Jahren schickt Carlos mir Päckchen, und natürlich bringen sie mich immer dazu, dass ich an meine Heimat denke. Doch diesmal war die Erinnerung klarer. Vielleicht lag das ja an der Abendsonne, deren leuchtende Strahlen von den gelben Cotswolds-Dachziegeln reflektiert wurden, und an der Tatsache, dass der Regen soeben aufgehört hatte.

Bei jenem ersten Mal, als das Taxi mich vor dem Tor abgesetzt hatte, war nach einem kurzen und sehr plötzlichen Regenfall ebenfalls heller Sonnenschein gewesen. Der Kies hatte in der Sonne geglänzt. Die Vorhänge waren alle zugezogen gewesen. Und nur ein paar Tage später war das erste Päckchen von Carlos eingetroffen. Damals war das Haus leer und dunkel und in meinen Augen ein klein wenig imposant gewesen. Ich hatte nicht annähernd ein so stattliches Anwesen erwartet, obgleich mein Vater mir etliche Jahre zuvor Bilder aus seiner Kindheit gezeigt hatte, auf denen zu erkennen war, wie er hinter dem Haus auf einer ausladenden, ebenen Rasenfläche gespielt hatte.

Ich schloss meine Faust um die Schlüssel, als ich ins Haus trat. Ich schaltete alle Lichter ein und ging auf die Küche zu. In Gedanken kehrte ich zurück zu jenem ersten Sommer, als es in dem Haus muffig gewesen war; es hatte unangenehm nach getrocknetem Katzenfutter und Feuchtigkeit gerochen, die vom Vorbau in die Diele drang.

Jene ersten Tage hatte ich damit zugebracht, sämtliche Zimmer auszuräumen. Ich bewahrte auf, was aufbewahrt werden musste, und schleppte das hinaus, was in die Container gehörte. Den gesamten persönlichen Besitz meiner Großmutter – ihren Schmuck und ihre Fotoalben, dazu ihre jahrelange Korrespondenz mit meinem Vater in Buenos Aires – schloss ich in einer sperrigen Kommode ganz oben im Haus ein. Doch bei dem Rest ihrer Habseligkeiten war ich konsequent und ziemlich rücksichtslos.

Es war eine Zeit, in der ich mich sehr stark bemüht hatte, an absolut überhaupt nichts zu denken. Meinen Geist hatte ich in einen Zustand der barmherzigen Leere fallen lassen. In dem Haus, das fest und beständig um mich herum stand, hatte ich eine Art von innerem Frieden gefunden. Die lange, hässliche Schnittwunde oben auf meinem Kopf war allmählich vernarbt. Und drei Wochen später - da ich absolut nicht gewollt hatte, dass meine Verletzung irgendwo dokumentiert wurde – hatte ich die Fäden, die Carlos mir verpasst hatte, selbst gezogen.

Das Päckchen ließ ich auf dem Tisch liegen und schlich dann durch die Küchentür nach draußen, die ich sehr leise hinter mir schloss. Ein Getränk nahm ich mit mir. Ich konnte spüren, wie die Vergangenheit nach mir griff, als ich einen kleinen Schluck nahm, und dachte an jenen Sommer vor all den vielen Jahren – damals zu Hause in Buenos Aires. Es ist stets die Hitze, an die ich mich zuerst erinnere, wenn ich daran denke. An Wasser, das von ratternden Klimaanlagen auf die Bürgersteige hinuntertropft. An die Sonne, die auf den brüchigen Asphalt hinabbrennt.

Ich atmete durch, fühlte die stechende, jedoch vertraute Leere in meiner Magengrube, als ich mich an Pilar erinnerte. Welchen Sinn hatte es, an sie zu denken? Es führte stets zu nichts. Die verpasste Chance, das vollkommen andere Leben, das sich in jenem Moment vor uns ausgebreitet hatte, bevor das Wir verschwunden war.

Ich stellte die leere Flasche vor mir hin, drehte sie in meinen Händen und schaute mich um. Der Dezember ist immer eine unruhige Zeit in Buenos Aires. Insbesondere jene zwei Wochen, bevor alle die Stadt verlassen und Menschenmassen an die Küste fliehen. Es ist eine Zeit, in der die Gemüter sich erhitzen und die Hupen all der Autos, die sich in dem beständigen einschüchternden Brummen der Stadt bemerkbar machen, unerträglich laut scheinen. Es ist der Monat, in dem alles, was schiefgehen kann, auch schiefgehen wird. Die kriechende, nicht enden wollende Hitze kann in jedem Moment genau dieses kleine bisschen zu viel werden. Zu viele Fahrzeuge. Zu viele Leute. Zu viel Beton.

Ich bemerke noch nicht einmal mehr die Ruhe hier draußen. Als ich jedoch das erste Mal hierher kam, war ich so sehr an den anhaltenden, stetigen, dröhnenden Lärm von Buenos Aires gewöhnt, dass die Stille des Landes irgendwie bedrückend für mich war. Es hatte lange gedauert, bis ich mich daran gewöhnte. Und im Augenblick, mehr als zwanzig Jahre später, fühlt sich plötzlich alles so an, als ob seitdem kein einziger Tag vergangen ist.

Buenos Aires, 1981

1. Kapitel

Es war die Hitze, die mich dazu trieb, aus dem Haus hinaus und in die kühle, gepolsterte Dunkelheit eines Kinos an der Calle Lavalle im Stadtzentrum zu huschen. Den ganzen Tag über war der Strom in meinem Wohnviertel ausgefallen, und so schwang ich mich auf mein altes Motorrad, brach dann von unserem Haus in Belgrano auf, an den Steinskulpturen im Botanischen Garten des Stadtteils Palermo vorbei, rollte die Avenida del Libertador entlang und fuhr schließlich geradewegs ins Zentrum der Stadt. Von dort schwirrte ich zwischen den Bussen und Taxen umher und schlängelte mich durch die Menschenmassen, die aus allen Richtungen in die Innenstadt hineinströmten, bevor ich unter dem hohen Schatten des Obelisken von Buenos Aires hindurchschlüpfte. Es war Donnerstagabend, und alle Kinos und Theater entlang der Straße waren brechend voll. Draußen saßen massenhaft Leute in gebeugter Haltung rund um die Tische in den Eck-Cafés oder ließen sich durch die Straßen treiben, als wären sie in einem Zustand verwirrter Benommenheit.

Jeder, der draußen war, machte einen feuchten, ausgelaugten Eindruck, und nach dem Film schlenderte ich eine Weile umher. Dann ging ich in ein Café und bestellte mir eine Coca-Cola. Es war der Kellner, der als Erster die Soldaten und den Ford Falcon erblickte. Er steckte die Rechnung unter einen Untersetzer und starrte nach draußen, plötzlich sehr still und angespannt.

Automatisch sog ich die Luft ein und prüfte nach, ob mein Ausweis noch in der Jeanstasche war. Dabei versuchte ich, nicht auf das makellos aussehende Auto zu starren, das am Ende der Straße stand. Ein mürrischer junger Mann, der neben mir an einem anderen Tisch saß und ungefähr in meinem Alter war, schaute kurz auf den Wagen, murmelte leise etwas vor sich hin, bezahlte seine Rechnung und machte sich davon. Ich verweilte ein wenig länger, während sich draußen die Menschenmassen in beide Richtungen bewegten. Die Leute redeten, lachten, gafften kurz in Fenster hinein und schlüpften in die kühlen marmornen Innenräume von kleinen Einkaufspassagen.

Ich starrte so lange auf den Ford Falcon, wie ich es zu wagen glaubte. Der Fahrer ließ das Fenster ein wenig herunter und blies Rauch in die Luft. Er öffnete die Tür, änderte dann aber seine Meinung und schloss sie wieder, bevor er seinen Hinterkopf an die Kopfstütze lehnte. Der Kellner redete nun mit einem seiner Kollegen und wies auf die andere Straßenseite. Ich reckte den Kopf, um über die Tische hinwegsehen zu können, und schaute in die angezeigte Richtung. Draußen vor einem Restaurant hatte ein einzelner Militärlastwagen feinsäuberlich geparkt, sodass er den Fußgängerweg auf der anderen Seite blockierte. Ein zum Wehrdienst verpflichteter Soldat, der mitten auf der Straße stand, winkte einen Transporter durch, während seine Kameraden auf zwei schmalen Bänken auf der Ladefläche saßen, warteten und miteinander plauderten.

Auf der gegenüberliegenden Straßenseite war ein weiteres Kino, und eine kleine Menschenmenge begann, die Stufen hinunterzuströmen und sich durch die Glastüren zu drängen. Einige versammelten sich unter den grünen Markisen der Restaurants und Bars und gingen dort hinein, während andere weiter die Calle Florida entlangliefen und schnell verschwanden.

Ich bezahlte meine Rechnung und ging, bewegte mich durch die widerliche Hitze und die gezackten Schatten der Geschäfte. Ich war mir nicht sicher, ob ich jetzt schon nach Hause gehen wollte, doch ich wollte unbedingt von dieser Straße wegkommen. Ich schritt an den Kiosken vorbei, die Zigaretten und Bier verkauften, und fühlte bereits, wie die gewaltige Hitze das Zentrum in eine kochende, brodelnde Masse verwandelte. Unsere Füße bewegten sich beinahe im Einklang. Die Hitze setzte den Staub in der Luft in Bewegung und brachte die Zeitungsseiten sowie den Abfall in den Gossen zum Rascheln. Zusammen bewegten wir uns um goldfarben angestrichene Laternenpfähle und die grünen Wedel von Pflanzen in Betonkästen herum.

Mit der Hand wischte ich mir über den Nacken. Ich näherte mich dem Falcon. Trotz der Geräusche von all den Leuten schien das ständige Dröhnen des Motors immer lauter zu werden und sich gebieterisch über den Lärm zu erheben.

Die grüne, polierte Motorhaube glänzte und reflektierte die roten und gelben Anschlagstafeln oben, während das Fahrgestell sich ganz leicht schüttelte und ein flirrendes Lüftchen von ölbeschmutzter Hitze nach oben schickte. Der Falcon war makellos. Seine Stoßstangen waren so poliert, dass sie einen militärischen Glanz ausstrahlten. Mein eigenes ein wenig deformiertes und besorgt wirkendes Spiegelbild wurde mir entgegengeworfen, als ich näherkam und mit anderen an der Ampel wartete. Für einige Augenblicke standen wir alle dicht zusammengedrängt um die langen schnittigen Konturen des Wagens. Der Fahrer füllte seine Kalebasse mit Mate aus einer Thermosflasche und rührte die grünen Teeblätter mit einer *Bombilla* um, dem metallenen Trinkröhrchen, das zum Trinken dieses Tees benutzt wird. Er beäugte uns mit ungefähr dem gleichen Interesse, wie ein Bauer sich das Vieh anschaut. Die Ampel wechselte von Gelb auf Grün, und geschlossen eilten wir über die Straße und ließen ihn hinter uns.

Ich seufzte erleichtert, sobald ich vorbei war, und begann, schneller zu werden. Doch beinahe postwendend blieb ein kleiner, nervös aussehender Mann vor mir auf der Stelle stehen. Ich wartete ebenfalls und schaute dann wider besseres Wissen zurück. Der Fahrer hatte sich in seinem Sitz gerade aufgerichtet.

Jemand rannte durch die Menge auf den Wagen zu. Er hielt an, schlug hart gegen die Scheibe und trat an eine Seite. Der Fahrer kletterte aus dem Auto. Die Soldatenstiefel unter der gebügelten Jeans seiner Zivilkleidung sahen absurd aus. Er stand einen Moment lang da, als wäre er benommen, und seine Gesichtsmuskeln zuckten in der Hitze. Dann streckte er die Hand in den Wagen. Als wäre es das Natürlichste auf der Welt, holte er eine Schrotflinte heraus und reichte sie dem anderen Mann. Der nahm sie wortlos entgegen und ließ sie an seiner Seite herabbaumeln. Gemeinsam marschierten die zwei ab.

Instinktiv begann die Menschenmenge sich zu teilen. Die Leute zerstreuten sich über die Straße und verschwanden. Jene, die zuschauten, scharten sich unter den schweren Markisen der Geschäfte in Gruppen zusammen und unterhielten sich murmelnd miteinander, als die beiden Männer sich durch die Menge drängelten.

Ich beobachtete sie von der gegenüberliegenden Straßenseite aus. Die Männer wurden schneller. Ihre Schatten stiegen an den verhängten Schaufenstern eines Blumengeschäfts auf und huschten fort, und innerhalb von Sekunden hatten sich ihnen zwei andere Männer angeschlossen.

Ihr befehlshabender Offizier, der ebenfalls in Zivilkleidung war, stand in der Mitte der Straße und wartete auf sie. Sein Haar war blond, und er zündete sich eine Zigarette an und rauchte sie, während er seinen Männern zuhörte. Dann warf er sie angewidert auf den Boden, als er vernahm, was sie ihm zu sagen hatten. Der Fahrer zuckte zusammen und schaute auf seine Stiefel. Der andere Mann zeigte kurz mit dem Kopf weiter die Straße hoch, und im nächsten Moment gingen alle fünf los. Gemeinsam bahnten sie sich einen Weg durch die Menge und agierten im Gleichtakt und mit gut eingeübten, fließenden Bewegungen.

Die Nachricht von ihrer Anwesenheit schien sich inzwischen überall verbreitet zu haben, und im Fahrwasser der fünf Männer wogte die Menge hin und her und zerstreute sich. Paare duckten sich in Türeingänge hinein und starrten die fünf mit offenem Mund an, während sie an ihnen vorbeikamen, wohingegen andere Leute aus den Fenstern von Cafés und Geschäften spähten.

Die Männer kamen schließlich langsam zum Stehen. Ich beobachtete sie weiter und war nicht in der Lage, mich zu entfernen. Eine Frau mittleren Alters, die geräuschvoll ein Bonbon lutschte, war auf einmal neben mir, stieß mich leicht am Arm an und streckte den Finger aus. Ja, sie hatte recht. Die fünf waren draußen vor dem Kino stehen geblieben und drängten sich vor einer Kasse, einer Kabine mit goldfarbenem Gitter, die in die Straße hineinragte. Ich holte tief Luft und fragte mich, was sie dort wohl wollten. Der blonde Mann griff in seine Tasche und schob etwas unter dem Metallgitter durch, schnippte mit den Fingern und nahm es dann zurück. Der Kassierer schüttelte den Kopf, danach hob er abwehrend die Hand und bat sie zu warten. Er verschwand zur Hintertür hinaus und kehrte ein paar Augenblicke später mit einem der Platzanweiser zurück. Dieser führte die Männer durch die Glastüren, und sie verloren sich im Innern des Kinos.

Als die fünf verschwunden waren, schien die Menge tief Luft zu holen, während sie wartete. Der Platzanweiser kam zurück und stellte sich draußen vor dem Kino hin, und der Kassierer gesellte sich zu ihm. Von Zeit zu Zeit schauten die beiden sorgenvoll die Straße hinunter.

Der Kassierer wirkte schmächtig und verletzlich außerhalb seiner Kabine. Urplötzlich erstarrte er, runzelte die Stirn und trat einen Schritt nach vorn. Er kam zu einer Entscheidung und gestikulierte zur Straße hin. Der Platzanweiser blickte rasch auf, sagte etwas und packte ihn grob an der Schulter. Der Kassierer zuckte zusammen und nickte. Dann schaute er wieder hin. Diesmal war er sich sicher.

Sie sahen zu einem Mädchen. Die beiden standen nebeneinander und gafften die junge Frau an, als sie an ihnen vorbeischritt. Sie schlenderte die Straße entlang und trug eine kleine Handtasche. Dann umkurvte sie ein Paar, das sich stritt, und da sah ich zum ersten Mal ihr Gesicht. Ich holte tief Atem, als ich sie erblickte, und schaute sie mir genauer an, denn ich war mir nicht ganz sicher. Doch ich erkannte sie wieder. Oder zumindest glaubte ich das. Sie war in einem meiner Universitätskurse, allerdings hatte ich noch nie wirklich mit ihr gesprochen. War sie es tatsächlich? Ich richtete den Blick nach vorn. Nicht einmal ihren Namen kannte ich. Aber sie war es ganz bestimmt.

Der Kassierer drängte sich grob durch die Menschenmenge vorwärts und streckte erneut den Arm aus. Die junge Frau blieb stehen und spähte in ihre Tasche. Dann ging sie weiter. Cool, aber ein wenig steif sah sie in ihrem Sommerkleid aus. Die beiden Männer starrten sie an und sprachen jetzt eindringlich miteinander. Der Platzanweiser machte auf dem Absatz kehrt und marschierte geradewegs ins Kino zurück, während der andere Mann wartete, sich auf die Zehenspitzen stellte, um über die Köpfe der Menschenmenge hinwegspähen zu können, und ängstlich das Mädchen im Blick behielt. Sie schritt weiterhin auf den Ford Falcon und auf mich zu.

Der Platzanweiser kam mit zwei der Männer heraus und zeigte auf das Mädchen. Einer der beiden raste ins Kino zurück, während der andere geradewegs in Richtung Militärlastwagen lief. Ich duckte mich ein Stück weiter in den Eingang hinein, während die Frau neben mir gespannt hinauslugte. Wohin ging das Mädchen? Nach Hause vielleicht. Oder vielleicht irgendwohin zu einem Abendessen. Sie wollte womöglich mit Freundinnen ausgehen oder war aufgebrochen, um ihren Freund zu treffen.

Für einen Augenblick schloss ich die Augen. Wohin auch immer sie unterwegs war, sie würde ihr Ziel nicht erreichen. Ich versuchte, den Gedanken beiseitezuschieben. Es war sinnlos, über so etwas nachzudenken.

Eine Frau, die neben mir stand, nickte vor sich hin. Sie faltete ein Taschentuch ordentlich zusammen, legte es in ihre Handtasche und schloss sie mit einem lauten Schnappgeräusch. Danach schaute sie direkt zu dem Mädchen hin.

»*Algo habra hecho*«, sagte sie mit einem Gefühl zufriedener Endgültigkeit. Nun ja. Sie musste *irgendetwas* verbrochen haben.

Die Frau hatte ein Todesurteil geäußert, und wir beide wussten das. Es hing dort in der stickigen Luft, während von innen drin im Geschäft die Schaufensterpuppen auf uns hinausstarrten. Dieser kurze Satz erklärte alles und bedeutete nichts. Sie musste irgendetwas verbrochen haben. Es musste einen Grund geben, weshalb sie hinter ihr her waren, und das mit einer solchen Streitmacht. Oder vielleicht wollten sie bloß mit ihr reden. Meine Hände, die an den Seiten herabhingen, verkrampften sich. Als ich auf die Menschenmassen schaute, die das Mädchen anblickten, wusste ich mit absoluter Sicherheit, dass sie alle das Gleiche dachten. Jeder von ihnen hatte der jungen Frau bereits den Rücken zugekehrt.

Ich starrte nach vorn und trat einen weiteren Schritt nach draußen. In dem stark blendenden Licht der Straßenbeleuchtung musste ich blinzeln. Plötzlich war ich wutentbrannt und angewidert von diesem ganzen Menschenhaufen und von mir selbst. Ich schaute mich in der Menge um. Wir alle waren - ohne dass wir es überhaupt wussten – zu beinahe erwartungsvollen Zuschauern eines unmittelbar bevorstehenden Unglücks geworden. Weshalb hatte niemand die junge Frau gewarnt, dass sie jetzt sofort fliehen musste? Wir alle wussten doch, was sich gerade abspielte. Warum sagte ihr das keiner? Was stimmte mit uns allen nicht? Was war mit uns passiert in den vergangenen vier Jahren?

Ich bin mir nicht ganz sicher, was mich dazu brachte, aus dem Fenster jener Änderungsschneiderei hervorzukriechen, doch plötzlich konnte ich es nicht mehr länger ertragen, dort zu sein. Und anstatt die Calle Florida hinunterzumarschieren und zu meinem Motorrad zu gehen, stellte ich auf einmal fest, dass ich die Straße bereits überquert hatte. Die junge Frau verschwand in einer der kleinen Einkaufspassagen, die es in Abständen entlang der Straße gab, und innerhalb von Sekunden war ich ihr dort hinein gefolgt.

2. Kapitel

Die Einkaufsgalerie war beinahe menschenleer, schmutzig und wenig glanzvoll. Ich blickte hindurch zu einem Café und ging dann geradewegs nach oben. Es gab dort ein Antiquariat, das auch eine kleine Ausleihbibliothek hatte, die ihm angeschlossen und in einer hinteren Ecke versteckt war. Ich öffnete die Tür. Im Hintergrund erklang leise klassische Musik aus einem Radio. Das Mädchen war nach hinten verschwunden. Zögerlich ging ich zwischen den schmalen Metallregalen hindurch und blickte rasch zum Fenster hinaus.

Diese Männer mussten sich total geirrt haben. Als ich das Mädchen aus der Nähe sah, ergab die Sache für mich überhaupt keinen Sinn mehr. Dort war eine kleine Abteilung von Büchern in Englisch. Die junge Frau betrachtete ein altes Taschenbuch und runzelte die Stirn, als wäre sie verärgert über sich selbst, weil sie die Wörter nicht ganz verstehen konnte. Aus der Nähe betrachtet war sie hübscher, als ich anfangs gedacht hatte, mit einem elfenhaften Gesicht und sehr kurzem, glattem braunem Haar. Sie trug dunkles Augen-Make-up, was zu ihr passte. Im Profil wirkte ihr Gesicht offen und freundlich – selbst jetzt, wo sie konzentriert auf etwas schaute. Ihre Lippen hatte sie nach unten gezogen, während sie sich die Haare aus den Augen strich und eine Seite umblätterte. Dann bemerkte sie, dass ich sie anschaute, und drehte sich um.

»Oh, hallo«, sagte sie und ließ die Hand mit dem Buch an ihrer Seite herabhängen. »Ich kenne dich, nicht?

Du sitzt in dem Kurs immer allein in einer Ecke, oder? Ich bin Soledad«, stellte sie sich vor und lächelte breit.

»Schau, Soledad«, sagte ich und blickte zum Fenster hinaus.

»Guillermo, nicht wahr?«

»Ja«, antwortete ich überrascht. »Wie dem auch sei, schau ... Soledad, hör zu, ich ...«

»Geht es dir gut?«, fragte sie, schaute aufrichtig besorgt und hob eine Augenbraue. »Es ist die Hitze«, fuhr sie fort. »Mein Gott, wann wird es bloß mal regnen?«, merkte sie an und stellte das Buch ins Regal zurück. »Es ist unerträglich, was? In ein paar Wochen sind wir hier fort und an der Küste. Mein Gott, ich kann es kaum erwarten.« Sie nahm ein anderes Buch aus dem Regal und betrachtete es. »Ein wenig Ferienlektüre«, sagte sie und lächelte erneut. »Mein Englischlehrer meint, das ist die beste Methode.«

Ich versuchte, ihr Lächeln zu erwidern, stellte jedoch fest, dass ich es nicht ganz vermochte. »Hör mal, gibt es einen Weg hier heraus? Einen Hinterausgang oder so was? Hast du jemanden gesehen, als du hereingekommen bist? Kennst du dieses Gebäude überhaupt?«

Sie runzelte die Stirn. »Ich glaube nicht«, antwortete sie. »Wieso?«

»Nun, da hat es so eine Art Verwechslung gegeben. Weißt du, ich war ...«

Hinter uns ging ratternd die Tür auf. Ich streckte die Hand aus und zeigte ihr an, dass sie sich nicht vom Fleck rühren sollte. Dann hastete ich rasch an ihr vorbei und spähte durch die Regale. Doch es war bloß ein weiterer Kunde.

»Dieser Kassierer vom Kino ...«, sagte ich, als ich zu ihr zurückkam. »Er hat einen Fehler gemacht. Er hat dich mit jemand anderem verwechselt.«

»Was?« Sie lachte. »Was für ein Kassierer?«

Ich fuhr mir mit den Händen durch die Haare. »Da draußen sind *militares*. Hast du sie nicht gesehen? Ich glaube, sie sind hinter dir her.«

»Hinter mir?«

»Du warst doch zuerst in dem Kino. Du hast es vorzeitig verlassen und bist dann einkaufen gegangen. Das stimmt, oder?«

»Ja«, antwortete sie langsam.

»Gut«, sagte ich. »Nun, als du fortgegangen warst, kamen diese Männer zum Kino. *Militares*. Soldaten.« Ich hielt kurz inne und fügte dann hinzu: »Ein Falcon. Sie sind in einem Falcon gekommen.«

»Ein Falcon«, wiederholte sie rasch.

»Ja«, sagte ich. »Ein grüner Ford Falcon.«

Es dauerte einen Moment, bis die Information in ihr Bewusstsein eindrang. Soledad war sehr still geworden. Sie ließ den Arm sehr langsam an ihrer Seite herabsinken, sodass das Buch ganz schlaff in ihrer Hand lag. Ich nahm es ihr ab und stellte es ungefähr dort, wo es gewesen war, ins Regal zurück.

»Aber was hat das mit mir zu tun? Sie haben nach mir Ausschau gehalten, sagst du. Aber warum?«

»Ich habe keine Ahnung, aber du musst auf der Stelle hier raus!« Mit einem Ruck wies ich mit dem Kopf zur Tür. »Mein Motorrad ist bloß ein paar Blocks weiter. Lass uns jetzt hier rausgehen. Los. Wir können immer noch in die entgegengesetzte Richtung rauskommen.«

»Aber was, wenn sie sehen, dass ich wegrenne? Dadurch wird alles bloß noch schlimmer. Und wie kannst du dir so sicher sein?«, wollte sie wissen.

»Weshalb sollte man das Risiko eingehen?«, fragte ich.

Abermals wandte sie sich zu den Regalen um. »Hör mal, Guillermo. Ich glaube, es wäre am besten, wenn sie hierherkommen. Dann werde ich ihnen erklären, dass das alles ein Versehen ist.«

»O mein Gott«, erwiderte ich. »Nein. Ach, komm! *El Falcon Verde*«, sagte ich zischend durch die Zähne. »Diese Typen albern nicht herum. Du hast doch bestimmt diese Geschichten gehört. Es ist denen egal, ob sie sich irren.« Ich berührte sie leicht an der Schulter. »Bitte, Soledad. Bitte lass uns jetzt hier einfach rausgehen.«

Doch sie setzte sich nicht in Bewegung. Ich ging wieder zum Fenster und hoffte bei Gott, dass ich mich irrte. Aber da waren sie, ganz eindeutig. Sie hatten bereits im unteren Geschoss die Geschäfte durchsucht und gingen jetzt schnell nach oben. Ich packte Soledad und zog sie zum Fenster. Wir spähten beide nach draußen, entlang einer Seite der Einkaufsgalerie.

»Siehst du?«

»*Militares*«, sagte sie. Augenblicklich erkannte sie sie trotz der Zivilkleidung. Sie trat einen Schritt von mir weg, dann nahm sie ihre Handtasche auf und blieb ganz still neben den Regalen stehen.

»Ich bleibe«, entschied sie. »Das ist schon in Ordnung«, beruhigte sie mich, als ich meinen Mund öffnete, um etwas zu entgegnen. »Ich werde das alles jetzt sofort aufklären. Es besteht keine Notwendigkeit, dass du darin verwickelt wirst, Guillermo. Es tut mir leid, aber ich glaube, du wirst alles nur noch schlimmer machen.«

»Hör zu«, bat ich, »hör mir zu …«

»Bitte«, sagte sie.

Widerwillig ging ich zur anderen Seite, blieb bei einigen Regalen stehen und nahm ein Buch heraus. Genau in diesem Augenblick erschien der Fahrer, der auf der anderen Seite des Fensters vorbeirannte, und dann schwang die Tür mit solcher Wucht auf, dass sie in ihren Angeln ratterte. Der Besitzer des Buchladens sprang auf.

Für einen Moment lehnte sich der Fahrer an den Tresen. Als er Soledad erblickte, leuchteten seine Augen auf, und er seufzte sowohl erleichtert als auch verärgert. Er nickte vor sich hin, anschließend hob er atemlos seinen Finger und zeigte auf sie. Mit nach vorn gebeugtem Oberkörper atmete er durch, dann drückte er die Tür auf und schrie seinem Kameraden etwas zu, der herbeigelaufen kam.

»Du«, sagte er und zeigte erneut auf Soledad. »*DNI.* Personalausweis.«

»Hören Sie«, antwortete sie und hob ihre Hände. »Ich denke, hier liegt irgendein Fehler vor. Ich …« Sie schaute sich hilflos um. »Ich begreife das nicht. Was –»

»Halt die Klappe!«, befahl er ihr außer Atem und wies mit seinen großen Händen auf ihre Handtasche.

»Okay, okay«, sagte sie. Mit zitternden Fingern durchstöberte sie die Tasche und streckte ihm dann den Ausweis entgegen. Mit einer Mischung aus gelangweilter Verärgerung und Hass schaute er sie an. Dann klappte er den Personalausweis auf.

Ich trat ein paar Schritte weg, nahm ein Buch von einem Regal und tat so, als würde ich darin lesen. Der Fahrer blickte mich an, brummte voller Verachtung, als ob etwas Unmännliches daran wäre, in einem Buchgeschäft zu sein, und dann schaute er wieder weg. Aus der Nähe konnte ich sehen, dass der Schweiß sein Hemd durchnässte. Entlang der Stirn war sein Haar ganz verfilzt. Draußen vor dem Laden hatte der andere Mann mit der Schrotflinte diese an das Metallgeländer gelehnt und sprach nun in sein Funkgerät. Ich drehte mich wieder dem Regal zu und schlenderte zu seinem anderen Ende. Vorsichtig tastete ich nach dem Metallgestänge zwischen den dort hineingestopften Büchern. Ich ließ es los und griff nach einem anderen Buch.

Der Fahrer schaute abermals auf den Personalausweis, klappte ihn anschließend zu und steckte ihn in seine Hosentasche.

»Könnten Sie ihn mir bitte zurückgeben?«, fragte Soledad und streckte wie ein Kind auf einem Spielplatz die Hand aus.

Der Fahrer beachtete sie nicht, drehte sich um und nickte seinem Kameraden zu. Ich packte das Regal mit festerem Griff. Als ich daran zog, gab es nach und wackelte; es schaukelte ein wenig auf seinem Sockel. Soledad wich zurück, die Augen weit aufgerissen vor Panik und Angst, als der Mann rasch einen Schritt nach vorne machte und dann versuchte, sie zu ergreifen. Doch Soledad drückte sich gegen die Bücherregale und schaute unwillkürlich zu mir.

Der Fahrer drehte sich um, und seine Augen verengten sich, als ihm plötzlich ein Verdacht kam. Meine Hand klammerte sich bereits fest um das Gestänge des Metallregals. Ich zog mit all meiner Kraft … Zuerst fielen die Bücher langsam zu Boden. Dann aber fiel das schwere Gestell in einem wahren Schauer von Büchern und hinabstürzendem Metall krachend um. Die scharfe obere Kante des Büchergestells knallte hart gegen die Stirn des Fahrers, und zwar direkt oberhalb des linken Auges. Er fiel um wie ein Stein, fluchte und ächzte vor Schmerzen, während das Bücherregal noch an Schwung gewann und ihn schließlich unter sich am Boden festhielt. Noch in derselben Sekunde stürzte Soledad am Tresen vorbei und floh zur Tür hinaus. Ich blickte rasch nach draußen. Der andere Mann streckte den Arm nach ihr aus, doch er kam zu spät. Sie war fort und eilte auf die Treppe zu. Der Fahrer fluchte, griff sich über dem linken Auge an die Stirn und spürte das Blut an der Innenseite seiner Hand, woraufhin er vor Wut aufheulte.

Er versuchte, das Regal von sich wegzudrücken. Der Ladenbesitzer und sein Kunde standen fassungslos da, während ich vorwärtskletterte und über das Regal in Richtung der offenen Tür stieg.

Ich trampelte hart das Gestell nieder und hörte, wie es knirschend gegen das Schienbein des Fahrers drückte. Doch ich krabbelte weiter voran, stolperte halb entlang der metallenen Regalböden. Der andere Soldat griff nach der Flinte hinter sich. Ich machte einen großen Sprung auf die Tür zu. Der Fahrer schnaubte vor Wut und brüllte, versuchte, mich an den Fersen zu packen. Sein Partner wusste nicht, ob er ihm helfen oder das Mädchen erwischen sollte. Er gelangte urplötzlich zu einer Entscheidung, griff die Schrotflinte und hob sie an seine Schulter. Dabei drehte er sich und zielte mit der Waffe auf den Rücken von Soledad.

Ich rempelte so schnell gegen ihn, dass er eine Art halbe Pirouette drehte. Die Flinte flog durch das Metallgeländer und landete im Stockwerk unten auf dem Boden. Im Sprinttempo eilte ich hinter Soledad her.

Ich schaute nach unten. Sie war bereits auf halbem Wege durch das untere Geschoss nach draußen und in der Nähe des Ausgangs, der zur Calle Lavalle zurückführte. Aber dann blieb sie abrupt stehen, als sie Soldaten in Uniform erblickte, die auf den Eingang zueilten. Ich rief ihr zu, zeigte hektisch in die andere Richtung und sprang und hüpfte die Stufen hinunter. Dann packte ich sie am Arm und zerrte sie recht grob über den marmornen Fußboden, vorbei an dem Café im Erdgeschoss. Krachend bahnten wir uns einen Weg durch einige Plastiktische und -stühle und rasten durch einen kleinen Ausgang auf der anderen Seite der Mall.

Ich drückte und warf die Tür auf. Wir waren direkt von dem Lärm, der Hitze und der endlosen Zahl von

Menschen umgeben und rannten geradewegs in die Calle Esmeralda hinein. Ein Bus sauste vorbei und verfehlte uns nur um wenige Zoll. Gleichwohl liefen wir über die Straße, und ein Kind hinten im Bus drehte sich um und glotzte uns durch die Scheibe an … Ich ließ Soledads Hand los, und wir spurteten zwischen den neugierigen, bestürzten Gesichtern der Menschenmenge hindurch. Dann drängten wir uns durch eine kleine Gruppe von Teenagern, die ihre Hälse reckten, um durch die offene Tür einer Bar ein Fußballspiel im Fernsehen zu schauen. Wir rannten, ohne nachzudenken, aber die ganze Zeit strebten wir auf den weiten, offenen Raum der großen Allee beim Obelisken zu.

Ich packte erneut Soledads Hand, und wir hasteten im Zickzack durch die Menschenmenge und liefen noch schneller. Wir spurteten durch eine weitere kleine Einkaufspassage und kamen auf der anderen Seite heraus, dann sprangen wir in den Autoverkehr und schafften es gerade noch so auf die andere Straßenseite. Die Motorhaube eines Taxis verpasste mich nur um ein paar Zoll, als es mit kreischenden Bremsen zum Stehen kam. Es gab ein lautes Gehupe, und ein anderes Fahrzeug krachte ins Heck des Taxis. Klirrendes Glas und Schreie waren zu hören. Plötzlich gab es Rauch. Und Chaos. Zerbrochenes Glas. Innerhalb einer Sekunde entstand ein Stau, und die Fahrbahnen waren blockiert. Am anderen Ende der Straße schwenkten plötzlich ein Ford Falcon und ein Lastwagen um die Ecke, und beide kamen mit kreischenden Bremsen zum Stehen. Türen öffneten sich, die Heckklappe des Lastwagens ratterte in ihren Angeln. Es gab noch mehr schreckliches Chaos, als überall der Verkehr um sie herum plötzlich zum Erliegen kam.

Der Taxifahrer riss wutentbrannt die Tür auf und brüllte hinter uns her. Ohne zurückzuschauen, rannten wir weiter und sausten über einen kleinen Platz. Mein Atem war nur noch ein abgehacktes, stoßartiges Keuchen.

Eine Beschreibung von uns beiden dürfte bereits im Umlauf sein. Und vermutlich telefonierten die Männer gerade, damit vor uns die Straßen gesperrt wurden, und vielleicht forderten sie sogar Verstärkung an.

Alle meine Sinne waren in Alarmbereitschaft versetzt. In meinen Ohren klingelte es. Einen Moment lang schien die Straße, die vor uns lag, vor meinen Augen zu verschwimmen, und ich war mir sicher, dass mir gleich übel würde. Es war die Hitze und die Erkenntnis, was ich getan hatte, ohne nachzudenken. Sie würden die umliegenden Blöcke abriegeln. Womöglich waren noch mehr Soldaten in Zivil hier zwischen den Leuten und weitere Lastwagen unterwegs.

Wir rannten weiter. Ich hatte die eine, einzige Regel gebrochen, die es gab, wenn bei einer Sache *los militares* im Spiel waren: Ich hatte mich reinziehen lassen. Jetzt waren ihre Gewehre, ihr Personal, der gewaltige Staatsapparat gegen mich gerichtet. Ich blickte zurück. Verzweifelt überlegte ich, was wir tun sollten. Wegrennen – das war das Einzige, was wir momentan taten. Wir brauchten einen Plan. Doch ich konnte einfach nicht denken. Es gab unzählige Cafés und Restaurants, Hotels und Geschäfte, aber wenn wir dort hineingingen, würden sie uns letzten Endes finden. Nein, wir mussten weiterlaufen. Das war die einzige Möglichkeit.

Die von Auspuffabgasen geschwärzten Mauern der überbeanspruchten Gebäude wuchsen vor uns in die Höhe und schienen alles aus dem Lot zu bringen, wie ein Labyrinth, das uns in dem Ruß und Dreck umzingelte und auf uns eindrang. Soledad neben mir keuchte schwer, ihr Gesicht war so bleich wie das eines Geistes.

Ein Mann, der Lotterielose verkaufte, versperrte uns den Weg, und ich stieß ihn grob zur Seite, sodass er mit ausgebreiteten Armen zwischen Abfallbehälter flog. Hinter uns erschollen verärgerte, empörte Schreie. Die Geräusche weiterer laut jammernder Hupen prallten von den Mauern ab, und wir wussten, dass die Nachricht von unserer Flucht sich bereits unter all den Massen von Menschen ausbreitete und zu jenen Männern zurückkommen würde.

Wir rannten weiter. Unsere einzige Möglichkeit, hier herauszukommen, bestand darin, über die Allee und weiter zu meinem Motorrad zu gelangen. Ich taumelte vorwärts und packte Soledad, zerrte sie halb stolpernd hinter mir her. Sie hielt ihre Tasche fest umklammert, und wir flohen, überquerten dann blitzartig in gerader Linie eine Nebenstraße. Ein schwacher Gestank von Abfall und schalem Bier war wahrnehmbar, als wir an einer Gasse vorbeiflitzten, und dann befanden wir uns unvermittelt im weiten, offenen Raum der Allee.

Einen Augenblick lang blieben wir atemlos stehen und schnappten nach Luft. Wie verrückt starrten wir hinter uns und rechneten immer noch damit, dass unsere Verfolger jeden Moment aus der Menschenmenge hervorbrechen würden. Doch es gab keine Spur von ihnen. Augenblicklich stellte sich ein Gefühl von Weite und Raum ein, und wir bewegten uns langsamer weiter. Die Bürgersteige waren viel breiter und die Gebäude unaufdringlicher. Auf der rechten Seite erhob sich die erleuchtete Fassade des Opernhauses, das einen gesamten Block einnahm, während zu unserer Linken der lange, breite Streifen der Avenida 9 de Julio verlief. So ausladend wie eine Autobahn, schnitt sie durch das Herz der Stadt. In ihrem Zentrum stand der blendend weiße Sockel des Obelisken, und überall um ihn herum waren die verschwommenen Lichter zahlloser PKWs, LKWs und Busse, die in einem Halbkreis an ihm vorbeiröhrten. Soledad brachte ihr Haar in Ordnung, holte tief Luft und warf flüchtige Blicke nach hinten. Ich ergriff ihre Hand und gab ihr ein Zeichen weiterzugehen.

Zu unserer Linken war ein Fußgängerweg, der unterhalb der Straße verlief. Es wäre besser für uns, von der Straße wegzukommen, also steuerte ich auf diesen unterirdischen Gang zu. Ja, wir würden dort sicher sein, zumindest für eine Weile. Und vielleicht würde dies mir die nötige Zeit geben, um herauszufinden, was wir tun sollten. Ich zeigte auf den von einem Rundbogen überwölbten Eingang, und wir stiegen rasch die Treppe hinunter.

Hier unten war ich viele Male zuvor gewesen. Unter der Woche war der Tunnel rammelvoll mit Leuten, jetzt war er fast menschenleer. Zu beiden Seiten des Gangs gab es eine Anzahl von kleineren Läden und Geschäften, von denen viele geschlossen und mit metallenen Jalousien versperrt waren … In einem Café saß eine Frau allein vor einem verchromten Bartresen; sie schwenkte auf dem Hocker herum und beäugte uns neugierig, als wir vorbeigingen. Sie gab dem Kellner ein Zeichen, der gerade über den Tresen wischte, und die Kaffeemaschine zischte und stieß kurz Dampf aus. Ich steckte mein Hemd ordentlicher in die Hose und rieb mir den Schweiß aus den Augen.

Wir schritten rasch an den beiden vorbei, während der Geruch von Kaffee und Gebäck, der hier unten irgendwie fehl am Platz war, durch den Tunnel wehte. Über uns war das entfernte Rumpeln der Autos auf der Straße zu vernehmen. Ich griff nach den Schlüsseln und hielt sie in meiner Hand bereit, als wir uns der Treppe näherten. Ich atmete tief ein. Die Ereignisse der letzten paar Minuten schienen die Nerven überreizt zu haben und jetzt in der seltsamen Stille des Tunnels merkwürdig unwirklich zu sein – wie Geräuschlosigkeit unter Wasser.

Dort draußen hielten sie irgendwo Ausschau nach uns. Machten Jagd auf uns. Ein Ford Falcon raste diese Straßen hinunter, ein Lastwagen voller Soldaten ratterte durch die Stadt, und Militärstiefel marschierten über Beton. Das ungeheure Ausmaß dessen, was ich getan hatte, traf mich mit solcher Gewalt, dass ich tatsächlich unter dieser Last zu schwanken schien. Und ich taumelte jetzt schneller vorwärts, eifrig darum bemüht, den Tunnel hinter mir zu lassen. Die weißen gekachelten Wände des Gangs waren zu nah beieinander. Es gab nicht genug Luft hier unten. Ich konnte das stabile, schreckliche Gewicht all dieser Wagen über uns spüren. Wir gingen immer weiter.

»Glaubst du, dass wir sie los sind?«, fragte Soledad leise.

»Ich weiß es nicht«, antwortete ich. »Geh nur immer weiter. Mein Motorrad ist hier oben. Wohin soll ich dich bringen?«

»Ich weiß es nicht«, erwiderte sie ratlos. »Sie haben nach mir gesucht. Also kann ich vermutlich nicht nach Hause gehen.«

Ich gab ihr nicht sofort eine Antwort. »Es sieht so aus …«

Soledad zitterte. Sie versuchte, so klein wie möglich zu wirken, während wir durch den langen Tunnel schritten. Sie sah vollkommen hilflos aus. Doch ich glaubte, dass wir unsere Verfolger wahrscheinlich abgeschüttelt hatten. Ich spürte erstmals ein Nachlassen der Anspannung. Hier unten waren wir sicher. Irgendwie hatten sie uns nicht gesehen. Wenn wir nur herauskommen und zu meinem Motorrad gelangen konnten. Es gab jede Menge Möglichkeiten, um herauszukommen. Wir könnten gehen und uns irgendwo versteckt halten. Und uns dann später trennen.

Wir gingen immer weiter. Es würde noch genug Zeit zum Nachdenken geben, wenn wir hier herauskämen. Carlos würde wissen, was zu tun war. Vor uns kam schlussendlich die Treppe, die nach oben führte, undeutlich in Sicht. Wir begannen, sie hochzusteigen, und gelangten in das orangene Licht der Straßenlaternen. Es war hier ruhiger, und die Äste der Jacaranda-Bäume kamen über dem Tunnelausgang zum Vorschein. Wir konnten das Licht und die frische Luft spüren, die sich an den Tunnelwänden sanft nach unten bewegte. Ich atmete schwer ein und machte mich bereit für den letzten Teil unseres Weges zu meinem Motorrad, das jetzt nicht mehr weit entfernt war. Soledad schien es nicht mehr länger aushalten zu können, riss sich von mir los und wurde schneller. Rasch stieg sie die Treppe hoch und verschwand aus meiner Sicht. Ich eilte hinter ihr her und tauchte in viel zu viel Licht ein.

Ich spürte die Gefahr, bevor ich ihrer tatsächlich gewahr wurde. Es war wie eine elektrostatische Aufladung vor einem Gewittersturm. Ein Gespür für bevorstehendes Chaos. Ich fühlte die Gefahr schon, als mein linker Fuß die letzte Stufe berührte. Ein flüchtiger Blick auf eine grüne Uniform und dann noch einer. In weniger als einer Sekunde erfasste ich die Gesichter, die nach uns spähten, und hörte, wie die Sirenen in der Dunkelheit stummgeschaltet wurden. Und als ich mich umdrehte, traf mich ein herabstoßender Gewehrkolben direkt unterhalb des Auges. Ich sackte vornüber zusammen, und unter Schock stehend atmete ich flach ein. Fast unmittelbar danach spürte ich einen weiteren Schlag wie von einem Hammer, als das Gewehr mit solcher Wucht auf meinen Hinterkopf herabkrachte, dass meine Zähne klapperten.

Ein junger Soldat grinste beinahe freundlich, während er zuschaute. Ich konnte unter den gekrümmten Ästen der Bäume Soledad an der Seite des Falcon sehen. Ein halbes Dutzend Schusswaffen waren auf sie gerichtet.

Der blonde Mann war zurückgekehrt. Er stand dort und betrachtete mit blauen Augen, deren genaue Farbschattierung ich nicht ganz zu beschreiben vermochte, Soledad mit mildem Desinteresse. Die zwei Männer, die uns in der Mall holen wollten, überquerten die Straße. Der Fahrer bedeckte seine Stirn mit einem Ärmel und humpelte. Er ging jedoch schneller, als er mich erblickte, und seine Augen verengten sich vor Wut. Aber der Blonde bellte einen Befehl, und der Fahrer blieb auf der Stelle stehen. Der Offizier streckte den Arm aus, und die beiden Männer schlichen zu einem wartenden Lastwagen davon.

Für einen Argentinier war das Blond ungewöhnlich. Er schien vollkommen gelassen zu sein. Seine Männer mussten uns entdeckt haben, und er hatte ihnen einfach befohlen, auf der anderen Seite des Tunnels zu warten, statt uns darin nachzujagen.

Er verschränkte die Hände hinter dem Rücken, dann schaute er mich an, nickte dem Soldaten neben mir zu und wandte sich ab. Ein drittes Mal bewegte sich das Gewehr auf meinen Kopf zu. Es traf mich und glitt seitlich von meiner Schulter ab. Ein anderer Soldat mit irgendeiner Schnur schritt vor. Jetzt musste ich etwas unternehmen. Ich wusste, das war meine einzige Chance. Der blonde Mann schien etwas zu spüren – beinahe so, als ob er meine Gedanken lesen könnte -, und ein Ausdruck von Skepsis huschte über sein Gesicht, als er sich plötzlich zu mir umdrehte. Ich schnitt eine Grimasse und fühlte mich merkwürdigerweise beschwingt. Ein weiteres Mal atmete ich tief ein, mein gurgelnder Mund lag im Blut auf dem Asphalt …

Der Soldat mit der Schnur ging auf ein Knie herunter. Ich wartete ab. Ein anderer Soldat hielt Soledads Arme hinter ihrem Rücken fest, während ein weiterer Mann, der keine Uniform trug, ihr mit geübten Handgriffen eine Haube über das Gesicht zog. Sie fing an zu kreischen. Jemand verpasste ihr einen Faustschlag in die Magengrube.

Der Griff, mit dem der Soldat mich festhielt, lockerte sich ein wenig, als er zuschaute, was seine Kameraden mit Soledad taten. Der Blonde rief dem Soldaten eine Warnung zu, damit er achtgab, aber es war zu spät. Ich drückte mich mit den Händen vom Asphalt ab und traf mit dem Rücken das Knie des Soldaten, der daraufhin das Gleichgewicht verlor. Er tat einen halben Schritt zurück, während ich auf die Füße sprang. Dann streckte er die Hände aus und packte mich, doch ich wand mich aus seinem Griff, schlug um mich und traf ihn am Kinn … Ein anderer Soldat stürzte auf mich zu und griff nach mir. Doch ich wehrte mich und stieß ihn zurück. Er bekam mich am T-Shirt zu fassen, das entlang der Naht zerriss … Hinter mir gab es jählings erstauntes Geschrei, und ich war mir sicher, dass ich jeden Augenblick einen Schuss hören und dann den Einschlag einer Kugel fühlen und das Zerreißen meines Fleisches spüren würde. Aber ich rannte und rannte und diesmal schaute ich nicht zurück.

3. Kapitel

Carlos schaute mich einmal kurz an und kniff die Augen zusammen. »Was zum Teufel ist mit dir passiert?«, fragte er.

»*Militares*.«

»*Militares*. O Gott, was ist passiert?«

Ich erzählte es ihm.

»Aber warum musstest du dich da reinziehen lassen?«, rief er wütend. »Ich habe dir früher schon von diesen Mistkerlen erzählt. Du darfst ihnen nicht in den Weg kommen.« Er stand auf. »Nun, du hast recht. Wir müssen hier raus.«

Marcus, der mit Carlos in der Küche Fernet Branca getrunken hatte, schüttelte den Kopf und stand bereits auf.

»Was auch immer sie im Schilde führte – die werden jetzt denken, dass du auch drinsteckst. Sie wird ihnen alles erzählen, was sie über dich weiß, wenn sie es nicht schon getan hat. Mach schon, pack deinen Kram! Schnell.«

»Ich kenne einen Ort«, sagte Marcus leise.

»Wo?«

»Drüben in Villa Urquiza. Der Typ schuldet mir was.«

»Ist die Unterkunft leer?«

»Nein, doch sie wird es sein, wenn wir dort ankommen«, antwortete Marcus, während er zum Telefon in der Diele ging.

Ich rannte die Treppe hoch, schmiss ein paar Sachen in eine Tasche und eilte zu Carlos‹ Wagen. Wir folgten

Marcus nach Villa Urquiza, ein labyrinthartiger Stadtteil, der ungefähr vierzig Minuten entfernt war. Das Auto rumpelte über Bahngleise, als wir am Bahnhof Luis M. Drago vorbeikamen, und fuhr dann einen kleinen Hang hinunter. Bald verloren wir uns zwischen den Miets- und Hochhäusern.

»Was hast du dir nur dabei gedacht, Guillermo? Du musst deinen verdammten Verstand verloren haben.« Carlos seufzte. »Wie bist du überhaupt weggekommen?«

»Ich bin einfach immer weiter gelaufen. Gott, ich weiß es nicht … Da war ein Café. Ich bin reingegangen, habe mich sauber gemacht und dort gewartet, solange ich konnte. Dann habe ich mich auf den Weg zum Park gemacht.«

»Wie bist du zu mir hergekommen?«

»Mit einem Taxi.«

»Aber du bist darin nicht bis zu mir gefahren, oder?«, fragte Carlos rasch. »Sie könnten dieser Spur folgen.«

»Nein, so dumm bin ich nicht, Carlos. Am Cabildo bin ich ausgestiegen und dann den Rest des Wegs zu Fuß gegangen.«

»Okay, okay. Immer mit der Ruhe. Was wollten sie von dem Mädchen?«

»Ich weiß es nicht. Sie wusste es auch nicht.«

»Bist du sicher?«

»Die müssen geglaubt haben, sie sei jemand anders. O Gott, Carlos, was soll ich jetzt tun?«, rief ich ratlos. »Letzten Endes machte es sowieso keinen Unterschied. Ich habe vermutlich alles nur noch schlimmer gemacht.«

»Nun, es ist passiert.« Carlos verstummte eine Weile, bevor er fortfuhr: »Und für all das ist es nun zu spät. Ich weiß es nicht. Ich werde darüber nachdenken müssen. Es könnte sein, dass diese Sache verraucht und die sie freilassen. Du bist jetzt darin verwickelt und irgendwie wirst du der Sache auf den Grund gehen oder zumindest so viel herausfinden müssen, wie du kannst, damit wir wissen, womit wir es überhaupt zu tun haben. Wann findet der Kurs, den sie auch besucht, das nächste Mal statt?«

»Morgen Abend«, antwortete ich verblüfft.

»In Ordnung. Wenn du also recht hast und sie das falsche Mädchen erwischt haben, lassen sie sie vielleicht einfach gehen. Und sie könnte wieder in dem Kurs sein, richtig?«

»Und wenn es kein Versehen gewesen ist?«

»Wir müssen wissen, womit du jetzt in Verbindung gebracht wirst. Im Augenblick stehen wir komplett im Dunklen.«

»Aber wird die Universität nicht gefährlich sein?«

»Ja, das mag schon sein. Wenn sie dich finden wollen, werden sie die Universität benutzen, um dich aufzuspüren, falls das Mädchen ihnen deinen Namen nennt. Doch wenn es sich um etwas Ernsthaftes handelt, werde ich los militares etwas geben müssen. Und du kannst vielleicht herausfinden, was. Du musst darauf achten, dass man dich nicht sieht, wenn du dorthin gehst. Aber ich glaube, dass es das wert ist, wenn du vorsichtig bist. Falls du die Gelegenheit hast, kannst du vielleicht mit einigen Freundinnen von diesem Mädchen reden. Erfahren, ob sie von ihr gehört haben oder möglicherweise wissen, in was sie verwickelt ist. Könnte ja sein, dass sie Unterricht in den Slums gegeben hat. Dass sie die falschen Bücher gelesen oder die falschen Flugblätter gedruckt hat. Dass sie mit Journalisten gesprochen oder mit der falschen Sorte von Leuten herumgehangen hat. Aber sei vorsichtig! Los militares könnten dort sein und auf dich warten. Sie wissen jetzt, wie du aussiehst ...«

»Du könntest gehen.«

»Das könnte ich, aber ich glaube nicht, dass irgendeine ihrer Freundinnen sich mit mir unterhalten wird. Mit dir werden sie vielleicht reden. Du musst das riskieren und dabei sehr vorsichtig sein. Geh dorthin und schau dich zuerst um, klar? Nimm nicht den Vordereingang, und bleib stets in Deckung. Morgen beschäftige ich mich den ganzen Tag damit, herauszufinden, wen wir bestechen müssen und in was für eine Geschichte du da verwickelt bist. Wenn du irgendwas Zweifelhaftes siehst, dann mach, dass du sofort rauskommst. Diese militares sind schon von weitem nicht zu übersehen, also wirst du sie entdecken, wenn sie irgendwo in deiner Nähe sind.«

»Und wenn Soledad nicht aufkreuzt?«

Carlos zuckte mit den Achseln. »Wenn es sich wirklich um ein Versehen handelt, wie du sagst, dann werden sie sie vielleicht gehen lassen. Und möglicherweise sagt sie ihnen nicht, wer du bist. Sie könnte einfach behaupten, du wärst irgendein Typ in dem Buchgeschäft gewesen, der seine Nase in etwas hineingesteckt hat, was gar nicht gewünscht war. Aber nach dem, was du mir erzählt hast, klingt es wie eine große Operation. Die Sache ist die, dass wir nicht wissen, womit wir es zu tun haben. Und so lange wir nicht wissen, weswegen sie etwas von dem Mädchen wollten, glaube ich nicht, dass wir eine Möglichkeit haben, dich da rauszubekommen. So oder so, du bist jetzt an diese Sache gebunden.« Er seufzte. »Hör zu! Frag herum, wenn du das gefahrlos kannst. Und ich mache das Gleiche. Ich kann Marcus dazu bringen, ein paar Gefallen einzufordern, und ich werde ebenfalls ein paar einfordern.«

Eine Zeitlang fuhren wir schweigend, bis Marcus seinen Wagen parkte und wir hinter ihm anhielten. Der Besitzer des Hauses erwartete uns zusammen mit einer alten Frau, die, wie ich vermutete, seine Mutter war. Blinzelnd standen sie da und mit den Koffern zu ihren Füßen sahen sie aus wie verunsicherte Flüchtlinge. Die Frau beschimpfte ihren Sohn, einen großen, nervös wirkenden Mann, ununterbrochen in einem einschüchternden Nörgelton, und er bat sie flüsternd, leise zu sein. Sie warf einen Blick auf Marcus und hielt augenblicklich den Mund. Ohne ein Wort streckte Marcus die Hand aus, und der Mann gab ihm seinen Schlüssel. Dann führte er uns rasch durch das Haus. Marcus lächelte ihn in der Dunkelheit an und schaute dann zu, wie er sich davonmachte.

Als ich nach oben in mein neues Zimmer ging, hörte ich sie darüber diskutieren, was sie nun tun sollten, und irgendwann kurz vor der Morgendämmerung döste ich ein.

Ich schlief schlecht. In einem ekelerregenden Traum, dem das Licht und die Farbe entzogen waren, rannte ich den Tunnel entlang, und wann immer ich hinschaute, war Soledad da, die mich aus der Dunkelheit neben mir angrinste. Doch von Zeit zu Zeit kamen die Einzelheiten jenes Tunnels mit schonungsloser Klarheit zu mir zurück, als ob jemand da unten die Lichter eingeschaltet hätte. Jedes Mal sah ich die Reihe von Münzfernsprechern. Und jeder von ihnen klingelte mit zunehmender Dringlichkeit, während ich daran vorbeiging. Und zur gleichen Zeit starrte mich im glänzenden Bartresen mein blutbesudeltes Spiegelbild mit beinahe vergnügtem Entsetzen an.

4. Kapitel

Ich bekam nur wenige Stunden Schlaf und war um sieben auf. Ich ging ins Badezimmer. Die Prellungen sahen nicht so schlimm aus, wie ich befürchtet hatte; es wäre ärger gewesen, wenn ich Rugby gespielt hätte. Ich nahm eine ausgiebige Dusche und wartete anschließend ungeduldig. Um die Mittagszeit herum schaffte ich es, ein Sandwich zu essen, und dann kam mein Bruder mit ein paar weiteren Dingen von uns zurück: Kleidungsstücke und Sachen, die uns ausgehen könnten. Er hatte keinerlei Anzeichen gesehen, dass *los militares* am Haus gewesen waren. Daher trafen wir die Entscheidung, dass ich das Risiko auf mich nehmen sollte, zur Universität zu gehen. Es gab einen Sicherheitseingang, und wir beschlossen, dass ich nicht eintreten würde, falls ich Soledad sehen sollte. Stattdessen wollte ich dann auf der anderen Straßenseite gefahrlos warten, um zu sehen, ob sie hineingehen würde. Sollte dies der Fall sein, würde ich mit ihr zu reden versuchen, wenn sie wieder herauskäme. Allerdings täte ich dies nur, wenn ich mir absolut sicher sein würde, dass die Luft rein war.

Um sechs Uhr nahm ich den Bus, denn es wäre zu riskant gewesen, ins Stadtzentrum zurückzukehren und mich nach meinem Motorrad umzusehen. Zwei Haltestellen von der Universität entfernt stieg ich aus und näherte mich ihr von der Seite. Ich schaute in alle Richtungen nach Anzeichen für *los militares* und hielt meinen Kopf gesenkt. Zudem trug ich eine Baseball-Mütze, die ich in dem Haus gefunden hatte. Doch es war niemand von ihnen da, soweit ich das erkennen konnte.

Ich wartete eine gute halbe Stunde und dann noch weitere fünfzehn Minuten in dem abgedunkelten Eingang einer Bar auf der gegenüberliegenden Straßenseite. Doch es gab keine Spur von Soledad oder *los militares*. Ich spürte ein beklemmendes Gefühl in der Brust, das schlimmer wurde, je länger ich wartete. Unvermittelt traf ich eine Entscheidung, überquerte die Straße und schritt die breiten Stufen zur juristischen Fakultät hoch. Rasch schloss ich mich den Scharen rühriger, lachender Studenten an, während sie über den Platz zu den großen grauen Säulen gingen. Ich zeigte dem an seinem Schreibtisch halb schlafenden Wachmann meinen Ausweis, danach stieg ich die letzte Stufe hoch, schlurfte durch die Messingdrehtüren und schritt die Treppe hoch.

Der Unterricht war bereits im Gange. Ich zögerte, schaute mich um und lauschte auf die Geräusche von Schritten, die schnell die Treppe hochkamen. Es gab paar Nachzügler, die zu spät waren. Ich spähte ins Innere des Raums. Keine Spur von Soledad … Ich spürte die Enttäuschung wie einen Krampf. Ich hatte gehofft, dass alles irgendein Versehen gewesen war. Dass sie aufkreuzen, mir alles erklären und dann sagen würde, dass sie denen noch nicht einmal meinen Namen gegeben hatte. Jetzt konnte ich nur noch warten und versuchen, mit einigen ihrer Freundinnen zu reden. Das war riskant, aber ich musste mehr in Erfahrung bringen. Als der Unterricht vorbei war, schaute ich zu, wie die Studenten hinausströmten. Es war, als ob nichts auf der Welt passiert wäre. Der Gedanke, dass möglicherweise da draußen bewaffnete Männer waren, die nach mir Ausschau hielten, und dass sie Soledad verhaftet hatten, schien irgendwie absurd und unwirklich zu sein. Ich entdeckte eine ihrer Freundinnen, eine hochgewachsene, schwatzhafte junge Frau, die häufig neben Soledad saß, und holte sie oben an der Treppe ein. Sie hatte Soledad nicht gesehen, doch sie gab mir mit einem wissenden Blick ihre Telefonnummer, und ich spielte mit. Unten rief ich von einem Münzfernsprecher an. Keine Antwort. Die Freundin hatte mir ebenfalls den Familiennamen gegeben: Fernandez. Im Telefonbuch verglich ich Soledads Nummer mit sämtlichen Einträgen von »Fernandez«, bis ich schließlich eine Adresse im Stadtteil Palermo hatte.

Ich nahm den Bus und stieg in der Nähe des Hauses aus, von dem ich hoffte, dass sie tatsächlich dort wohnte. Ein paar gelbe Straßenlaternen beleuchteten die gepflasterte Straße. Ein paar Kinder lachten, und irgendwo begann sogar eine Kirchenglocke zu läuten. Es war eine gute, sichere Wohngegend, hübsch verborgen hinter der Hauptfassade der Stadt.

Ich sah die Lichter im Haus und bewegte mich sehr vorsichtig darauf zu. Die ganze Zeit lauschte ich auf Geräusche aus dem Innern … Gerade als ich die Straße zur Hälfte überquert hatte, blieb ich wie angewurzelt stehen und holte tief Luft. Am anderen Ende, in der Nähe der Garage, war das glänzende Grün eines Ford Falcon zu sehen. Ich stand ganz still da und lauschte …

Aus dem Hausinnern kamen plötzlich Geräusche. Jemand fluchte laut, und dann gab es schallendes Gelächter von einem Mann. Etwas bewegte sich die Treppe hinunter. Unter meinen Füßen knirschte zerbrochenes Glas. Ich wirbelte herum und wäre beinahe direkt gegen ein Mädchen gerannt, das ungefähr in meinem Alter war. Als sie die Lichter in dem Haus erblickte, schaute sie plötzlich erleichtert. Sofort begann sie, auf das Haus zuzulaufen. Doch ich rannte hinter ihr her und versperrte ihr den Weg.

»Du kannst da nicht hineingehen.«

»Wieso nicht?«, fragte sie.

»*Militares.*« Ich packte sie am Arm. Einen Moment lang rührte sie sich nicht von der Stelle. Dann schüttelte sie meine Hand ab, folgte mir jedoch rasch auf die andere Seite der Straße.

»Ist das dein Haus?«

Sie nickte.

Wir blickten zurück. Ein Schatten huschte in einem der Zimmer oben umher, und dann folgte ein anderer. Das gedämpfte krachende Geräusch von etwas Schwerem, das umgekippt wurde, war zu vernehmen. Instinktiv duckten wir uns tiefer an der Mauer.

»Wer bist du?«

»Guillermo. Ich bin ein Freund von Soledad. Und du …«

»Pilar. Ihre Schwester. Was machst du hier?«

»Ich suche nach ihr. Sie ist in Schwierigkeiten.«

In der Straße schien es plötzlich still zu sein, als ob jeder auf etwas aus dem Innern des Hauses horchte. Und dann wuchs die Stille weiter an, schien sich an sich selbst zu gewöhnen und ließ sich schließlich nieder wie eine Decke. Wir beide standen wartend dort und wagten nicht, uns zu bewegen. Eine räudig aussehende Katze tauchte aus dem Nichts auf, dann rannte sie nervös von der anderen Straßenseite los und verschwand über eine Mauer. Etwas krachte im Innern des Hauses und zersplitterte.

»Ich gehe da jetzt rein«, sagte Pilar.

»Das kannst du nicht machen. Die sind nicht grundlos dort. Die suchen nach etwas.«

»Aber wonach suchen sie? Ist Soledad dort? Hast du sie gesehen?«

»Nein.«

»Wir wissen nicht, wo sie ist. Letzte Nacht ist sie nicht nach Hause gekommen. Ich habe den ganzen Tag nach ihr gesucht. Was ist los?«

»Ich weiß es nicht genau«, erwiderte ich.

Wir starrten beide zum Haus.

Ein Sicherheitsschloss in der Eingangstür wurde umgedreht, und beinahe augenblicklich strömte ein großes Rechteck aus Licht hinaus und durch die Eisenstangen der Pforte. Instinktiv stürzten wir davon und rannten los. Wir hasteten weiter weg vom Haus und versteckten uns in einer verlassenen Auffahrt quer über die Straße.

Für einen weiteren Moment war da nur Stille, dann traten zwei Männer ins Licht hinaus. Einer von ihnen streckte sich träge in der Dunkelheit und enthüllte so eine gedrungen wirkende Pistole, die in einem Holster an seinen Rippen steckte. Er war ein forsch aussehender Mann, beinahe zu klein, um Soldat zu sein, und hatte eine spitze Nase. Er ging ein paar Schritte nach vorn und bewegte sich auf den Falcon zu. Dann sagte er etwas zu dem Mann hinter ihm, der die Straße rauf und runter blickte, als ob ihm die Aussicht gefiele. Er griff nach irgendwelchen Schlüsseln in seiner Tasche. Als Nächstes drehte er sich um und machte ein Zeichen in Richtung Tür. Dann verlor er die Geduld, tat ein paar Schritte und streckte den Arm in die Türöffnung hinein.

Soledad kam halb stolpernd die Stufe hinunter, taumelte ins Licht und wirbelte herum. Der Mann packte sie und drehte sie herum in Richtung Auto. Er zeigte zum Wagen. Als wäre sie benommen, ging sie über den kleinen Flecken Gras und wartete dann neben der hinteren Tür.

Pilar neben mir bedeckte den Mund mit beiden Händen. Ihre Arme und Schultern drückten gegen mich, als sie versuchte, genauer hinzuschauen. Ich spähte durch das Geäst neben der Auffahrt, solange ich es wagen konnte.

Es war schwierig zu erkennen, doch soweit ich sehen konnte, gab es keinerlei körperliche Anzeichen dafür, dass man Soledad misshandelt hatte. Aber ihr Blick war ausdruckslos und fahrig. Sie wirkte wie eine mechanisch aufziehbare Puppe, die zum Stillstand gekommen war oder in die jemand tief hineingegriffen und dann etwas herausgenommen hatte. Ich schaute kurz zu dem Mädchen neben mir. Sie war so regungslos wie eine Statue. Ihre Mundwinkel hatten sich nach unten gezogen zu einem Ausdruck fassungslosen Entsetzens. Die Männer schritten bereits auf den Wagen zu.

Das Geräusch der zuschlagenden Vordertür schien Pilar aus ihrem Schockzustand herauszureißen, und plötzlich begann sie sich zu bewegen. Ihr Ärmel streifte an meinem vorbei, und sie richtete sich auf. Der kleinere Mann schien irgendeine Bewegung zu spüren oder zu hören, und er blickte herüber, suchte die Straße ab. Ich packte Pilar grob an den Unterarmen und riss sie hart zu mir nach unten. Sie versuchte, nach oben zu kommen, und stieß mit den Armen hart gegen meine Brust, doch ich ergriff ihre Schultern. Ich würde sie nicht gehen lassen.

Sie versuchte, mich von sich wegzudrücken und kämpfte gegen mich an. Ich legte den Zeigefinger fest auf meine Lippen und hielt sie fest. Schließlich nickte sie und schloss die Augen. Plötzlich wurde sie sehr still, ihre Lippen zitterten. Der Falcon sprang an, und der Motor gab ein leises Röhren von sich. Wir hörten, wie der Wagen schnell über das Kopfsteinpflaster federte, und schauten hilflos zu, wie seine Rücklichter auf der Straße immer kleiner wurden.

5. Kapitel

Eine ganze Weile standen wir bloß da und beobachteten. Wir warteten gut zehn Minuten lang, ohne ein Wort zu sagen, bis wir uns sicher waren, dass sie nicht zurückkommen würden. Dann schritt Pilar auf das Haus zu, und ich ging mit ihr. Sie hatten das ganze Gebäude auf den Kopf gestellt. Pilar schaute sich in einer Art fassungslosem Staunen im Haus um und nahm alles in sich auf.

Ihre Ähnlichkeit mit Soledad war unverkennbar. Doch während Soledad hübsch war und eine unbekümmerte Art an sich hatte, war Pilar absolut atemberaubend und unerreichbar. Ich konnte eine automatische Distanziertheit spüren. Sie war ein wenig braun gebrannt, hatte eine verwaschene Jeans an und trug eine große Tasche in der linken Hand. Ihr Haar war braun, jedoch von blonden Strähnen durchzogen. Sie hatte es in einem lockeren Haarknoten zurückgebunden, den sie mit einem langen Stift zusammenhielt, was sie elegant und auch irgendwie leidenschaftlich wirken ließ, zumal eine gerade Strähne seitlich an der linken Wange herabhing. Sie schob sich die Haarsträhne aus dem Gesicht.

»Wer zum Teufel bist du? Was machst du hier?«, fragte sie.

»Ich bin mit Soledad an der Universität. Ich sah sie letzte Nacht. Sie ging einkaufen. Sie war im Kino gewesen, und ich versuchte, sie zu warnen. Dann wollten wir weglaufen. Weißt du, dass *los militares* hinter ihr her waren?«

»Ja, aber … ihr seid weggelaufen?«, sagte sie, plötzlich entsetzt.

»Wir hatten keine andere Wahl.«

»Aber warum?«, rief sie plötzlich. »Wer hat dir das Recht gegeben, deine Nase in die Sache reinzustecken?«

Sie machte einen raschen Schritt nach vorn und bewegte sich die Stufen herunter. Ihre Bluse raschelte im Lufthauch. Sie kniff die Augen zusammen, dann holte sie mit der Hand aus, und verschwommen sah ich, wie sie auf mein Gesicht zugeflogen kam. Das Geräusch des Schlags klang wie ein Schuss, der von den Hauswänden widerhallte. Sie schaute mich einen weiteren Moment an, blinzelte und marschierte dann – zufrieden – wieder auf die Stufen zu. Doch damit war die Sache noch nicht erledigt. »Was denkst du eigentlich, was du da getan hast, als du sie mit dir geschleppt hast? Wer hat dir gesagt, dass du deine Nase reinstecken sollst? Und wie bist du überhaupt weggekommen? Du hast sie einfach zurückgelassen – ist es so gewesen?«

»Nun ja, was hätte ich sonst tun können? Sie haben auf uns gewartet –»

»Oh, sicher doch. Du hattest keine andere Wahl, als wegzurennen und deinen eigenen Hals zu retten und sie zurückzulassen. Sole wäre niemals in irgendwas hineingezogen worden. Ihr hättet nicht weglaufen sollen. Sie hätte einfach erklären können, wer sie ist, und sie wäre inzwischen längst zu Hause, anstatt …«

»Aber ich habe doch nur versucht, ihr zu helfen«, unterbrach ich sie.

»Ihr helfen? Schau dir dieses Haus an! Schau, was sie damit gemacht haben. Siehst du Sole im Moment? O Gott, was haben sie ihr bloß angetan?«, rief Pilar mit zunehmendem Entsetzen. »Ich hätte losgehen und versuchen sollen, mit denen zu reden und sie zu fragen, was sie wollen. Jetzt muss Soledad glauben, wir alle hätten sie im Stich gelassen. Aber du wolltest mich ja nicht gehen lassen. Erneut hast du deine Nase reingesteckt. Weißt du nicht, dass du alles hundertmal schlimmer gemacht hast?«

»Aber sie suchten namentlich nach ihr«, erwiderte ich verzweifelt. »Sie hatten ihren Namen und ein Foto. Und sie wussten, wo sie war.«

Aber Pilar ging schon von mir weg und schritt wieder die Stufen hoch. »Mach, dass du aus meinem Haus kommst!«, schrie sie über die Schulter.

Während ich zusah, wie sie erneut wegging, wurde ich plötzlich wütend und spürte das kindische Verlangen, um mich zu schlagen. Jemand musste ihnen mitgeteilt haben, wo sie Soledad finden konnten. Dann machte es bei mir Klick.

»Ich bin nicht derjenige, der denen ihren Namen zugesteckt hat – oder der ihnen gesagt hat, wohin sie unterwegs war, oder der ihnen einen Schnappschuss von der Familie gegeben hat.«

Sie blieb stehen und drehte sich um.

»Ich bin nicht derjenige, der ihnen gesagt hat, dass sie in der Calle Lavalle war, und der einen Haufen *militares* auf ihre Spur gebracht hat. Sie wusste noch nicht einmal, dass die hinter ihr her waren. Sie stolzierte herum und kaufte irgendwelche Sachen in den Läden, als wäre alles ganz normal.«

»Und du glaubst jetzt, ich hätte wissen sollen, wo sie war. Du glaubst, ich hätte es ihr sagen sollen. Dass ich über jeden einzelnen Schritt von ihr, den sie am Tag oder in der Nacht macht, hätte Bescheid wissen und dass ich sie aus der Sache hätte heraushalten sollen, nicht wahr?«

»Na ja, jemand hätte auf sie achtgeben sollen. Niemand sonst war da unten in diesem Tunnel, als sie oben waren und uns erwarteten. Und ich habe keine große Schwester gesehen, die zur Hilfe kam, als wir in der Calle Lavalle waren. Soledad war auf sich allein gestellt.«

Pilar erwiderte darauf nichts. Sie drehte sich weg und schien plötzlich den Tränen nahe. Ich schloss sofort meine Augen, denn ich war über mich selbst erschrocken, und fuhr mir mit den Händen durch die Haare. Für einen Moment konnte ich es nicht ertragen, sie länger anzuschauen.

»Was ist mit euren Eltern? Wo sind sie?«

»Sie sind fort.«

»Fort – wohin?«

»Das geht dich nichts an.«

Ich seufzte. »Also schön. Aber lass mich versuchen, es dir zu erklären. Ich dachte, es müsste sich um irgendein Versehen handeln, und ich wollte sie bloß dort herausholen und sie wohlbehalten nach Hause zurückbringen. Ich glaubte, dass ich sie dort einfach herausholen könnte und dass dann alles irgendwie in Ordnung sein würde. Und dann lief alles … und dann lief alles einfach verflucht schief.«

Einen Augenblick lang war ich mir sicher, dass sie gleich auf dem Absatz kehrtmachen, auf dem Treppenflur nach oben verschwinden und ich sie nie mehr wiedersehen würde.

»Aber du weißt, dass du hier nicht bleiben kannst, oder?«, gab ich zu bedenken. »Was, wenn die Kerle zurückkommen?«

Ihre Schultern sackten nach unten. Sie schien sich plötzlich der Kleidung, Wäsche und Möbel bewusst zu sein, die überall im Haus verstreut herumlagen. Sie hob ein Kleidungsstück auf, das auf die Treppe gefallen war, und wollte es über das Geländer legen, als ob sie Lust darauf hätte, das ganze Haus aufzuräumen. Dann jedoch schloss sie die Augen, und der Pullover in ihren Händen hing schwer herab.

»Bitte«, sagte ich.

6. Kapitel

Wir gingen stumm nebeneinander zu einem belebten Café gegenüber dem Bahnhof, in sicherer Entfernung zu ihrem Haus, und setzten uns weit im hinteren Bereich hin. Ich schaute sie an, während wir auf unsere Getränke warteten. Sie klopfte mit ihren Fingernägeln auf den Tisch und starrte darauf herab.

»Ich dachte einfach, dass es sich um irgendein Versehen handelte, und sie auch«, sagte ich.

Pilar schien darüber nachzudenken, und dann meinte sie: »Also willst du damit sagen, dass sie es nicht erwartet hat.«

»Ja, ganz und gar nicht. Sie konnte es überhaupt nicht verstehen.«

»Also warum?«, fragte Pilar leise. »Warum waren sie hinter ihr her? Was wollten sie von ihr?«

»Ich weiß es nicht«, antwortete ich. »Weißt du es nicht?«

Geistesabwesend zupfte sie am Etikett ihrer Coca-Cola. »Die Situation war bereits schlecht, bevor du eingegriffen hast«, sagte sie und schob die Flasche vor sich hin und her. »Du hattest recht. Alles stimmt, was du gesagt hast. Sie wollten sie haben. Sie hatten ihren Namen. Und ein Foto. Doch wir wissen nicht, warum.«

»Ich weiß ja, dass es mich echt nichts angeht. Aber war sie in irgendwas verwickelt?«

Pilar schüttelte entschieden den Kopf.

»Aber sie sind zuerst zu eurem Haus gekommen, um nach ihr zu suchen?«

»Ja.«

»Wann denn? Wann sind sie wegen ihr gekommen? Wann hat das alles angefangen?«

»O Gott, die haben ja eine richtige Nummer mit dir abgezogen, was?«, sagte sie und schaute mir ohne großes Interesse ins Gesicht. Sie griff in die Tasche ihrer Jeans und zog ein zerknautschtes Päckchen Camel-Zigaretten heraus. Ohne mir einen Glimmstängel anzubieten, nahmen sie sich einen heraus und zündete ihn mit einem billigen Plastikfeuerzeug an. Dann blickte sie mich durch den Rauch an. »Du willst wissen, was meine Schwester vorhatte, damit du deine eigene Haut retten kannst. Du willst was in der Hand haben, das du denen geben kannst, wenn sie nach dir suchen. Darum geht's doch, oder?«

Sie hatte recht. Das stimmte zum Teil. Aber jetzt war es etwas anderes. Mitzuerleben, was diese Kerle Soledad in solch einer kurzen Zeitspanne angetan hatten, versetzte mich in eine Art verzweifelte Panik. Und vielleicht war das alles mein Fehler. Vielleicht hatte ich tatsächlich alles noch schlimmer gemacht.

Der Ausdruck ihrer Augen verhärtete sich, und sie zog ein weiteres Mal lange an ihrer Zigarette. »Du weißt etwas? Ich weiß noch nicht einmal, weshalb ich wirklich mit dir rede. Ich weiß überhaupt nichts von dir; ich weiß nicht, wer du in Wirklichkeit bist. Wenn es nicht ausschließlich darum geht, deine eigene Haut zu retten – worum dann? Denkst du, dass du gerade im Begriff bist, jemanden zu retten, so wie beim letzten Mal? Was zum Teufel glaubst du eigentlich, wer du bist?«

Einen Augenblick lang sagte ich nichts. Ihr Stimmungswechsel war so plötzlich gekommen, dass es für mich war, als hätte sie mich erneut geohrfeigt. Ich starrte sie über den Tisch hinweg an. Was glaubte sie, wer *sie* war – sie, die dort saß und Rauch in mein Gesicht blies. Was kümmerte es mich, was ihr oder ihrer verdammten Familie passierte?

Doch sie schien ihre Worte sogleich zu bedauern. Sie bedeckte die Augen.

»Gott, es tut mir leid«, sagte sie entsetzt. »Das war … Das war schrecklich. Hör zu …« Sie schob ihren Stuhl zurück. »Ich werde jetzt gehen, okay? Du hast versucht, Sole zu helfen. Ich habe das jetzt kapiert. Das ist mehr, als die meisten Leute getan hätten. Und es ist nicht dein Fehler. Nichts davon war dein Fehler. Ich habe nur gerade versucht … Oh, ich weiß es nicht … Ich musste das alles an jemandem auslassen. Es tut mir leid …«, bei diesen Worten zeigte sie auf mein Gesicht, »wegen … dem.«

Sie griff nach der Handtasche, die neben dem Tisch stand. »Gott, diese Tasche«, sagte sie, hob sie hoch und hängte sie sich über die Schulter. »Soledads Sachen. Voller Zeug für einen ihrer Kurse. Ich glaubte, hier könnte etwas drin sein. Doch da ist nichts.« Sie legte die Hand unter den Riemen und hievte die Tasche weiter an der Schulter hoch. »Es ist nur … diese Ungewissheit. Dass ich nicht weiß, wo sie ist und ob es ihr gut geht. Ich habe es bei einigen Polizeirevieren und auch Zeitungen versucht. Aber keiner will was davon wissen. Es ist beinahe so, als hätte sie eigentlich nie existiert, und sie ist doch erst einen Tag verschwunden. Selbst ihre Freundinnen möchten überhaupt nicht über sie reden oder helfen.« Sie zuckte mit den Schultern. »Sie haben alle zu viel Angst. Gott, wer kann es ihnen verdenken?«, merkte sie an und schaute mir wieder ins Gesicht.

»Wohin wirst du gehen?«

»Ich weiß es nicht.«

»Du weißt, dass du nicht dorthin zurückgehen kannst – zu eurem Haus, ja?«

»Wohin dann?«, fragte sie ratlos. »Wohin soll ich gehen?«

7. Kapitel

Wir nahmen den Bus, und von Zeit zu Zeit blickte ich nach hinten aus dem Fenster, um mich zu vergewissern, dass wir nicht verfolgt wurden. Sicherheitshalber fuhren wir bis zum Bahnhof in Retiro, der ein gutes Stück von unserer eigentlichen Strecke entfernt lag. Von dort nahmen wir den Zug zum Bahnhof Drago und gingen dann den Rest des Weges zu Fuß. Als Carlos Pilar durch die Eingangstür treten sah, zwinkerte er anerkennend und anzüglich. Dann aber bemerkte er, in welcher Verfassung sie war, und veränderte sofort sein Verhalten. Ich sagte ihm, wer sie war, und nach einem sehr langen Streitgespräch, während dem Pilar in der Diele wartete, stimmte er zu, sie für die Nacht hier wohnen zu lassen. Wir würden das Weitere gleich als Erstes am nächsten Morgen besprechen. Ich überließ ihr mein Zimmer. Sie verschwand die Treppe hoch, und ich versuchte, auf dem Sofa etwas Schlaf zu bekommen …

Beim Aufwachen stellte ich fest, dass sie mit Carlos in der Küche plauderte. Trotz seiner Vorbehalte hatte er sie allem Anschein nach sofort ins Herz geschlossen und Marcus hinausgeschickt, um ein paar Backwaren fürs Frühstück zu holen. Marcus öffnete gerade die Tüte mit einem Springmesser, und obwohl Pilar überhaupt nicht hungrig aussah, bediente sie sich höflicherweise.

Auf mich hatte Carlos damals immer ein kleines bisschen wie Luis Firpo gewirkt, jener argentinische Schwergewichtsboxer, von dem Jack Dempsey 1923 im Madison Square Garden sauber aus dem Ring geschlagen worden war. Er hatte eine spöttische Form von Heiterkeit an sich und tiefe Falten unter seinen durchdringenden Augen. Auch hatte er noch andere Eigenschaften mit jenem Boxer gemeinsam. Ich wusste mit absoluter Sicherheit, dass mein Bruder, wenn er in die Ecke getrieben wurde, ein instinktiv agierender, ungestümer Raufbold mit einem brutalen Temperament und einer bösartigen Ader sein konnte. Selbst seine Zeit auf der grausigen alten Internatsschule meines Vaters in England hatte anscheinend nichts bewirkt. Carlos war einfach mit noch wilderer Entschlossenheit als vorher zurückgekommen, heiteren Sinnes verheerende Schäden anzurichten, wohin auch immer er ging. Und bestimmte Typen von Menschen, wie etwa Marcus, schienen sich zu ihm hingezogen zu fühlen. Aber mein Bruder konnte sehr charmant sein, wenn er Lust dazu hatte. Und damals war er in Hochstimmung und frohen Mutes.

Pilar hatte geduscht und sah nicht zu schlecht aus, wenn man alles bedachte. Allerdings wirkte sie immer noch so, als hätte ihr Gesicht jegliche Farbe verloren, und es hatte nicht den Anschein, dass ihr viel Schlaf vergönnt gewesen war. Doch ihr gelang ein dünnes Lächeln, als sie mich erblickte, und sie zeigte auf die Tüte, während Carlos sich eine ihrer Zigaretten nahm.

Sobald er mich sah, gab er mir mit einer Geste zu verstehen, dass ich ihm folgen sollte. Und so ging ich hinter ihm her, während er rasch in sein Schlafzimmer schritt. Leise drückte er die Tür hinter uns zu. Dann lehnte er sich dagegen, sodass sie durch sein Gewicht fest verschlossen war.

»Soso«, sagte er mit viel Gefühl, *»que quilombo.«* Was für eine Unordnung.

»Sie hat es dir also erzählt?«

»Sie hat mir letzte Nacht alles erzählt, während du geschnarcht hast, als würde ein ganzer Wald abgesägt. Sie waren hinter ihrer Schwester her, klar.«

»Und sie weiß nicht, warum?«

»Nein.«

»Also, was hat sie berichtet?«

»Sie waren drüben bei Soledads Haus, kurz bevor sie sie auf der Straße geschnappt haben. Ein paar Männer und dann dieser *rubio* - der blonde Mann, den du erwähnt hast.«

Ich nickte.

»Pilar war nicht zu Hause und kam erst später heim, als alles vorüber war. Ihr Bruder und ihr alter Herr waren zu Hause und warteten darauf, dass Soledad von der Arbeit zurückkehrte. Das war wohl ungefähr um fünf oder sechs Uhr. Kurz bevor du zum Kino aufgebrochen bist. Soledad arbeitet manchmal in einer Reiseagentur.« Mein Bruder hielt kurz inne, bevor er weitererzählte: »Anfangs ging alles sehr zivilisiert zu. Jedenfalls hat Pilar das gesagt. Der blonde Mann bot ihrem Vater *mate* an. Je schneller alles geklärt wäre, umso besser. Sie müssten sich nur mit Soledad unterhalten. Also saßen alle eine Zeitlang herum und nuckelten am *mate*, als wäre es das Normalste von der Welt, drei bewaffnete Männer im Wohnzimmer zu haben, die es sich dort gemütlich machten. Aber sie wussten natürlich nicht, wo Soledad war. Und von da an ging es rauer zur Sache. Die Kerle verpassten ihrem Bruder eine tüchtige Tracht Prügel. Dann nahmen sie eine Lampe, entfernten das Kabel, steckten es rein und wandten es an ihm an, während sein alter Herr zuschauen musste. Er verlor das Gefühl für Zeit, sodass er nicht weiß, wie lange das dauerte. Dann meldete sich das Funkgerät, und sie erhielten eine Nachricht, und damit hatte sich die Sache erledigt. Sie ließen ihn am Stuhl angebunden zurück, nahmen ein Bild von Soledad, das sie irgendwo oben fanden. Und dann gingen sie ohne ein weiteres Wort einfach weg.«

Ich machte ein paar Schritte weiter in den Raum hinein und lehnte mich an die Kante einer alten Kommode. »Also haben sie von jemandem die Information bekommen, wo Soledad sich aufhielt«, sagte ich schließlich.

»Nach Aussage von Pilar hat eine von Soledads Arbeitskolleginnen – ein Mädchen namens Camilla – erzählt, dass die Männer in die Reiseagentur kamen und sie halb zu Tode erschreckten. Sie gab klein bei und sagte ihnen, dass Soledad blau gemacht hätte und in den Geschäften oder vielleicht im Kino war. Also, ich denke, auf diese Weise haben sie sie gefunden …«

»Und hat Pilar sonst noch jemanden, der ihr helfen kann? Familie? Irgendjemanden?«

»Sieht so aus, als ob alle anderen, die sie kennt, sich aus dem Staub gemacht haben. Ihre Mutter ist vor Jahren gestorben. Ihr alter Herr ist drüben in Hurlingham, wo er sich um seinen Sohn kümmert, der immer noch in schlechter Verfassung ist. Er ist genau genommen in einem Krankenhaus. Der Vater hat sie gebeten, mit ihm zu kommen, aber Pilar will das nicht, bevor die Sache hier nicht in Ordnung gebracht ist.«

Ein paar Augenblicke lang herrschte Stille, während Carlos nach den Zigaretten neben seinem Bett griff und in seinen Taschen nach einem Feuerzeug herumwühlte. »Da hast du's also«, sagte er schließlich.

Ich ging von der Kommode weg und auf die Tür zu.

»Nicht so schnell«, ermahnte mich Carlos und klang wie ein Detektiv in einem alten Film. Er zündete sich eine Zigarette an und schaute mich ununterbrochen durch den Rauch an. Seine Miene veränderte sich zu einem Ausdruck intensiver, seit langem andauernder Verärgerung. »Hast du überhaupt eine Ahnung, mit wem du es da zu tun hast? Weißt du, was sie mit dir machen werden, wenn sie herausfinden, dass du Pilar hilfst? Du hast bereits genug Schwierigkeiten, weil du Soledad geholfen hast, aber wenn sie rauskriegen, dass du auch Pilar unterstützt, dann werden sie dich mit solcher Effizienz vom Angesicht dieser Erde wegwischen, als hättest du niemals existiert. Und danach werden sie mich abholen. Seit Jahren kommen sie mit so was ungestraft durch, also glaub nicht, dass sie es nicht tun können. Was diesem Mädchen passiert ist, nun ja … Es ist entsetzlich, aber es ging dich einen feuchten Kehricht an – bis du dich da hineingestürzt hast. Ich habe dir gesagt, du sollst so viel herausfinden, wie du nur kannst, damit wir wissen, in was du dich da verwickelt hast. Doch stattdessen kommst du mit der Schwester des Mädchens hierher und machst alles noch hundertmal schlimmer.«

Neben der Zeitung auf dem Bett stand ein voller Aschenbecher. Carlos schaute plötzlich mit Abscheu darauf, stand auf und leerte ihn über einem Abfalleimer aus. »Du riskierst deinen Kopf für jemanden, den du noch nicht einmal kennst, für jemanden, der in einigen Tagen tot sein könnte, falls man sie nicht schon letzte Nacht getötet hat.« Er richtete sich auf, und sein Gesicht nahm einen versonnenen Ausdruck an, als er mich anblickte. »Vielleicht Vater«, meinte er. »Vielleicht wäre er damit einverstanden gewesen, was du getan hast. Andererseits musste er niemals mit ansehen, was die Mistkerle diesem Land angetan haben, nicht wahr?«

»Aber du wirst ihr doch helfen, oder?«, fragte ich ihn ganz bewusst.

Carlos stieß einen tiefen Seufzer aus und nickte. »Jetzt haben wir keine andere Wahl. Falls sie Pilar ebenfalls schnappen, dann wird dieses Versteck sowieso auffliegen. Und was auch immer wir ihr raten, wird sie nicht davon abhalten, nach ihrer Schwester zu suchen. Wir müssen immer noch etwas finden, das wir denen geben können, damit sie dich endlich in Ruhe lassen. Marcus hat bereits herumgefragt. Diskret natürlich.«

»Irgendwas herausbekommen?«

»Nein, nichts. Oh, und die sind zu unserem Haus gegangen.«

»Nein!«

»Sie waren gestern am späten Abend dort. Heute Morgen hat Marcus das überprüft und mit ein paar Nachbarn gesprochen. Sie waren zu zweit da. Und sie haben herumgefragt. Haben sich nach dir erkundigt, deinen Namen genannt. Und es sieht danach aus, dass sie auch schon eine ziemlich gute Beschreibung von dir haben. Die wollten wissen, wo du sein könntest.«

»Und die Nachbarn haben nichts gesagt?«

»Nur, dass wir weggegangen sind. Und wann.«

»Haben sie das Haus durchsucht?«

»Nein. Haben sich bloß eine Weile umgehört und sind dann fortgegangen. Folglich werden sie wahrscheinlich zurückkommen.«

»Sie wissen nicht, wo wir sind?«

»Nein. Und das werden sie auch nicht. Niemand weiß das, abgesehen vom Besitzer dieses Hauses. Und er weiß verdammt gut, was ihm und seiner Mutter zustoßen wird, wenn er irgendjemandem erzählt, wo wir sind. Also, erstens: Was auch immer du tust – geh nicht nach Hause zurück, und gib niemals irgendjemandem die Adresse hier. Niemals! Falls was passiert … es gibt ein Restaurant an der Avenida Corrientes. Ich kenne den Besitzer. Das ist sicher. Marcus wird dir die Anschrift geben. Geh dorthin und warte auf mich, falls alles schiefläuft. Okay? Pilar kann bei uns bleiben, nehme ich an … Aber ihr werdet sehr, sehr vorsichtig sein müssen. Diese Kerle …«, er schüttelte den Kopf, »sie sind *una basura,* dreckiger Abfall. Das ist alles, was sie sind. Nicht mehr.

Die meisten von denen sind bloß Feiglinge, die sich hinter ihren Uniformen verstecken. Und wenn das alles einmal vorbei ist, dann wird es einige alte Rechnungen geben, die zu begleichen sind, und das wissen sie. Aber dieser blonde Mann, von dem du mir berichtet hast. Er ist offensichtlich ein Offizier, und diese Typen sind die schlimmsten. Sie sind ausgebildet, und sie glauben an das, was sie tun. Und er machte dich ausfindig, bevor du das zweite Mal zu entkommen versuchtest, nicht wahr? Gott, du hattest echt Glück. Er wird den gleichen Fehler nicht noch einmal machen. Wenn du also in irgendwelche Schwierigkeiten gerätst – und das wirst du, falls sie herausfinden, dass du nach Soledad suchst - dann musst du so schnell wie möglich rauskommen und hierher zurückkehren, verstanden? Und wir werden ebenfalls weitersuchen.«

»In Ordnung. Danke, Carlos.«

Er schob es mit einem Wink beiseite. Er sah besorgt aus. »Hör mir zu, Guillermo, bevor du gehst. Du weißt, dass sie Dinge tun, die noch vor wenigen Jahren undenkbar gewesen wären. Du weißt das doch, oder?«

Ich nickte.

»Entführungen am helllichten Tag. Genau das ist mir zu Ohren gekommen. Im Augenblick also zeigen sie sich von ihrer allerschlechtesten Seite. Schlechter, als sie jemals zuvor gewesen sind. Es ist das Ende für sie, und sie wissen das. Wir alle wissen das.«

Ich nickte. Ich glaube, wir alle wussten tief in unserem Innern, dass die Junta nicht mehr viel länger Bestand haben würde. Manchmal war es, als wären wir am Grund einer großen schwarzen Welle, die jeden Augenblick auf uns alle niederkrachen könnte.

»Also sei vorsichtig«, mahnte Carlos.

8. Kapitel

Pilar wartete auf mich in der Küche. Ich goss mir selbst einen *mate* ein. »Mein Bruder hört sich um. Vielleicht ist er in der Lage, dir zu helfen«, sagte ich.

»Helfen? Wie?«

»Nun ja«, erwiderte ich verlegen. »Carlos hat einige Kontakte zu ein paar Leuten, die manchmal ... geschäftlich mit denen zu tun haben.«

»Mit *los militares*?«, sagte Pilar schockiert.

»Ja.«

»Aber wie?«

»Ich weiß es nicht genau. Er spricht nicht darüber, und ich will es nicht wirklich wissen. Mein Bruder macht eine Menge unterschiedlicher Sachen, kennt eine Menge Leute. Geschäftlich«, antwortete ich vage. »Wie dem auch sei, sie können uns möglicherweise erzählen, wo Soledad ist, oder vielleicht, was die von ihr wollen. Aber es könnte einige Zeit dauern, bevor wir etwas wissen. Er sagte, du hättest es bei einigen Zeitungen probiert und versucht, eine Vermisstenanzeige für deine Schwester aufzugeben?«

»Es ist hoffnungslos. Sie wissen, dass sie die Nächsten sein werden, wenn sie über so etwas berichten.«

»Nun, bis wir ein paar Neuigkeiten erfahren, werden wir uns versteckt halten müssen. Aber wir können uns immer noch umhören. Diskret natürlich. Das ist alles äußerst riskant. Du kannst es erneut bei ihren Freundinnen versuchen. Möglicherweise wollen sie nicht noch einmal mit dir sprechen, und es ist besser, wenn du sie zuerst anrufst. Vereinbare ein Treffen, aber nur an einem öffentlichen Ort, sodass wir ihn vorher überprüfen können. Und was auch immer du tust – erzähl ihnen nicht, wo du bist. Wir können es in eurem Haus auch noch einmal probieren. Oder ich kann zuerst Marcus hinschicken, um sicherzugehen, dass die Luft rein ist. Schau nach, ob es da irgendwas gibt, das sie womöglich übersehen haben. Wenn wir ihnen beweisen könnten, dass alles irgendwie ein Versehen gewesen ist, dann sind wir vielleicht in der Lage, ihr zu helfen. Du bist ihre Sachen doch schon durchgegangen, oder?«, fragte ich.

Pilar nickte.

»Okay, dann lass uns sie noch einmal durchgehen.«

Pilar ging zu ihrem Zimmer hoch und holte Soledads Tasche. Sie kippte den Inhalt auf den Küchentisch, und wir begannen, die Sachen durchzugehen.

»Was ist mit ihren Freundinnen oder Freunden?«, fragte ich, während wir die Stifte und das andere Zeug durchsuchten. »Abgesehen von ihren Freundinnen bei der Arbeit. Haben sie nichts Ungewöhnliches gesehen? War sie in der letzten Zeit normal wie immer, soweit sie das erkennen konnten? War sie ängstlich oder nervös? War bei ihr alles … gut, so wie es sein sollte?«

»Ja, das sagen sie jedenfalls.«

»In Ordnung, dann denk darüber eine Minute nach«, sagte ich. »Was war mit dem Tag, bevor sie gefangen wurde? Der Mittwoch?«

»Sie kam einfach wie üblich nach Hause.«

»Sie arbeitet bei einer Reiseagentur, richtig?«

»Ja. Sie hat gearbeitet, dann hat sie die Arbeit beendet und ist einfach nach Hause gekommen.«

»Und da hast du sie das letzte Mal gesehen? Am nächsten Tag bist du ihr nicht begegnet, weil du nicht zu Hause warst?«

Pilar lehnte sich über den Tisch. »Na ja, sie kam ein bisschen früher zurück. Sie war über irgendwas verärgert. Warf ihre Handtasche mitten ins Wohnzimmer hinein. Manchmal verhält sie sich so.«

»Warum war sie verärgert?«

Pilars Augen schimmerten, als sie sich zu erinnern versuchte. Sie zeigte auf einen cremefarbenen Ordner, der in der Tasche gewesen war. »Also, das war wegen ihres Englischunterrichts«, antwortete sie. »Ihr Lehrer hat ihn mittendrin abgebrochen, und sie war deswegen verärgert. Sagte, sie würde sich einen anderen Lehrer suchen.«

Ich blätterte durch die Mappe und hielt sie hoch. »Ihr Englisch-Ordner?«, hakte ich nach.

Sie nickte.

»Wie heißt der Lehrer?«

»Sergio.«

Wir begannen, einige der Unterlagen in Soledads Mappe durchzugehen.

Unter den Grammatikübungen und Aufsätzen gab es hinten einige Artikel von der *Buenos Aires Bugle*. Die *Bugle* war die einzige englischsprachige Zeitung in Buenos Aires und auf Auswanderer zugeschnitten. Ich erinnerte mich gut an die Zeitung aus der Zeit, als mein Vater noch lebte. Er hatte sie abonniert und sowohl mich als auch meinen Bruder dazu gebracht, ihm täglich einen Artikel laut vorzulesen, damit wir niemals unser Englisch verlernen würden. Es sah so aus, als hätte Sergio die Zeitung bei seinen Schülern für den gleichen Zweck benutzt.

»Glaubst du, das könnte sein Name sein?«, fragt Pilar und reichte mir einen Zeitungsausschnitt.

Ich zuckte mit den Achseln. »Es ist ein ziemlich gebräuchlicher Name.«

Sergio Bianchi war der Autor von einigen Feuilleton-Artikeln für die Sonntagsbeilage. Es gab ein paar Buch- und Filmrezensionen ebenso wie eine Kritik über die Vernissage einer neuen Skulpturenausstellung oben in Recoleta auf vergilbendem Zeitungspapier.

»Und du hast mit ihm nicht gesprochen?«

Pilar schüttelte den Kopf. »Warum sollte ich? Er war bloß ihr Englischlehrer. Sie waren keine Freunde oder so was.«

»Ich weiß. Aber er ist wohl die einzige Person, bei der du es nicht versucht hast, wie mir scheint. Und er ist einer der letzten Menschen, die Zeit mit ihr verbracht haben, bevor man sie verschleppt hat. Wie lange hat er sie schon unterrichtet?«

Pilar zuckte mit den Schultern. »Ein Jahr vielleicht.«

Ich schaute die Zeitungsunterlagen durch, entdeckte auf der Rückseite die Telefonnummer und rief das Blatt an.

»Er ist es«, sagte ich, nachdem ich das Telefonat beendet hatte. »Er arbeitet dort, wenn er nicht Englisch lehrt. Aber heute kommt er nicht, und die Zeitung will mir seine Nummer nicht geben. Wo hat Soledad ihren Unterricht?«

»Drüben an der Plaza Serrano in einem Café …«

»Vielleicht sollten wir es damit versuchen«, schlug ich leise vor. »Was meinst du?«

»Ich weiß nicht. Ich bezweifle, dass er irgendwas darüber weiß.«

»Ich denke, einen Versuch ist es wert«, erwiderte ich. »Abgesehen von ihrer Familie und ihren Freundinnen ist er der einzige Mensch, mit dem deine Schwester Zeit verbracht hat und mit dem du noch nicht geredet hast.«

»Okay, in Ordnung«, stimmte Pilar widerwillig zu.

Wir gingen nach draußen. Am Abend zuvor hatte Marcus mein Motorrad geholt und es zum Haus gefahren.

Auf Anhieb erwachte die Maschine dröhnend zum Leben, und wir rutschten ein wenig scheppernd von der Bordsteinkante und auf die Straße.

Das Café befand sich an einer Ecke des Plaza Serrano, am Ende einer breiten Straße mit Kopfsteinpflaster. Ein Teil des Platzes war abgezäunt, sodass darauf gespielt werden konnte, und daneben war eine kleine Fahrbahn in Form einer Acht, auf der Mini-Autos im Kreis fuhren.

Im Innern des Cafés waren ein paar ältere Stammgäste, die um einen großen ovalen Tisch in der Mitte saßen; sie unterhielten sich laut und stritten auf eine angenehme Weise. Wir bestellten Kaffee und plauderten mit der Kellnerin, einer großen, äußerst hübschen Frau, die ständig sehnsüchtig durch das Fenster nach draußen blickte. Sie wirkte nicht überrascht, als wir nach Sergio fragten.

»Er ist heute noch nicht aufgekreuzt«, antwortete sie. »Man hätte ja geglaubt, dass er etwas gesagt hätte. Ich weiß es nicht. Vielleicht hat er es einfach vergessen«, sagte sie geistesabwesend. »Heute Morgen hat er bereits zwei Kurse verpasst. Freitags ist er immer den ganzen Morgen mit seinen Schülern hier.«

»Also haben Sie ihn heute noch gar nicht gesehen?«

»Nein. Wenn er sich verspätet, ruft er normalerweise hier an, und ich richte es dann den Schülern aus. Doch heute nicht.«

»Sie haben keine Rufnummer von ihm, oder?«

»Haben Sie sie nicht?«, fragte sie.

»Wir sind neu«, erwiderte ich. »Ich habe seine Nummer, aber sie ist zu Hause. Ich habe nicht gedacht, dass er uns beim ersten Unterricht so versetzen würde.«

»Wenn Sie so freundlich wären?«, fügte Pilar höflich hinzu.

Die Kellnerin verschwand und kam dann mit der Nummer zurück.

Wir bezahlten, verließen das Café und gingen zu einem *locutorio* in der Nähe. Ich schaute zu, wie Pilar in eine der gläsernen Fernsprechzellen schlüpfte und die Nummer wählte. Nach einer Weile schüttelte sie den Kopf und kam heraus.

»Keiner meldet sich.«

»Und keine Anschrift«, sagte ich.

Ich überprüfte das Adressbuch, aber die Rufnummer passte zu keinem der Namen darin. Doch es waren zwei Bianchis aufgeführt, die in der Nähe wohnten. Wir gingen zuerst zu der Anschrift, die dem Café am nächsten war, und klingelten. Doch die Tür wurde von einem robust wirkenden Mann geöffnet, der bereits in den Achtzigern war und allein lebte. Die zweite Adresse führte uns zu einem kleinen weißen Haus, das etwa zehn Blocks entfernt war. Ich ließ mein Motorrad auf der gegenüberliegenden Straßenseite stehen und drückte auf die Türklingel, und dann warteten wir.

Es dauerte eine Weile, bevor die Tür geöffnet wurde. Auf dem Gesicht des Mannes auf der anderen Seite der Schwelle zeigte sich ein Ausdruck des Erstaunens, als ich ihm sagte, nach wem wir suchten. Ohne ein Wort führte er uns beide auf einen kurzen Durchgang zu. Ich spähte hinein, doch der Gang war leer.

Er war Mitte vierzig und sah gut aus, doch er wirkte müde und ein wenig argwöhnisch. Er schritt in sehr ruhiger Weise den Durchgang entlang, dann aber hielt er ziemlich abrupt inne und drehte sich um. Die Tür hatte er offen gelassen, sodass wir jetzt in dem kalten weißen Verbindungsraum zwischen den zwei Wohnungen im Erdgeschoss standen und uns gegenseitig anschauten.

»Sie sind also Freunde«, sagte er. »Freunde von Sergio, wie Sie sagen.«

»Na ja, Freunde nicht genau«, antwortete Pilar. »Meine Schwester Soledad nimmt bei ihm Unterricht drüben in einem Café, und wir haben die Hoffnung, dass auch wir mit ihm Unterrichtsstunden vereinbaren können.«

Soledad. Bei dem Namen schien bei ihm nichts zu klingeln. Er fuhr sich mit der Hand rasch über das Gesicht, bevor er wieder in seinen Bewegungen innehielt und zur offenen Tür schaute. »Hören Sie«, sagte er, »ich wollte es Ihnen draußen nicht sagen, doch Sie sollten Ihrer Schwester Soledad besser erzählen, dass wir schlechte Neuigkeiten für sie haben. Es hat einen Unfall gegeben.«

»Ein Unfall?«

Der Mann senkte seine Stimme. »Also, ich befürchte, nun ja, dass Sergio ... also, Sergio ist getötet worden.«

Als ich die Neuigkeit hörte, verspürte ich einen gewaltigen Schock. Aber noch mehr als das fühlte ich, wie sich mein Pulsschlag beschleunigte. Unwillkürlich biss ich die Zähne zusammen, und sofort wurde ich in einen noch größeren Alarmzustand versetzt. Später habe ich bei zahlreichen Anlässen die gleiche Empfindung gespürt, die gleiche Beklemmung. Und genau dort in jenem kleinen Flur empfand ich sie zum allerersten Mal. Das Gefühl, dass ich irgendwie einer Sache auf der Spur war und am Anfang davon stand.

»Getötet«, hörte ich mich sagen. »Wie getötet?«

Er seufzte. »Ich bin sein Onkel, und ich bin hier, um zu helfen. Seine Mutter ...«, er zeigte unbestimmt nach hinten zur Wohnung, »nun, Sie können es sich vorstellen.« Er schüttelte den Kopf. »Ich kann es immer noch nicht glauben. Mein Gott! Niemand von uns kann das. Ein verdammter Lastwagen kam wie aus dem Nichts und ... Also, vorgestern Abend wurde er einfach von dem LKW erfasst. Drüben in Chacarita ... in der Nähe des Friedhofs. Sie riefen einen Krankenwagen, aber …« Die Stimme versagte ihm. »Da war es bereits zu spät. Er war schon tot, als er im Krankenhaus eintraf.«

»Sergio ist also gestorben. Wann genau passierte denn das?«, fragte ich mit Nachdruck.

»Gegen sieben. Halb acht.«

»Und wissen Sie, was er da draußen gemacht hat?«

Er zuckte mit den Schultern. »Das wissen wir nicht. Wir dachten, er wäre in dem Café und hätte dort gearbeitet. Er gibt Kurse am Mittwochabend. Er hat eine Menge Leute, die nach ihrer Arbeit bei ihm Unterricht nehmen. Als er nicht zurückkam, begann seine Mutter, sich Sorgen zu machen, und da bekam ich den Anruf.«

»Und was ist mit dem Fahrer des Lastwagens, der ihn erfasst hat?«

»Noch keine Spur von ihm. Er ist weggefahren. Muss betrunken gewesen sein. Die Polizei sucht, aber …« Er hob seine Augen und vollführte eine äußerst zynische Geste. »Nun, Sie wissen ja, wie dieser Haufen so ist. Hören Sie, wenn Sie irgendwelche seiner Schüler kennen, würden Sie es ihnen mitteilen und die Nachricht verbreiten? Ein paar von ihnen haben heute Morgen angerufen. Das ist sehr erschütternd für seine Mutter, wissen Sie. Also, wenn Sie es weitererzählen könnten …« Er ließ den Satz unvollendet. »Nun, wir würden das zu schätzen wissen.«

»Also, Sergio hat den Unterricht abgebrochen«, sagte ich, als wir das Haus verließen und zu meinem Motorrad gingen. »Er hat den Unterricht mittendrin abgebrochen. Bist du sicher, Pilar?«

»Ja. Ich bin mir ganz sicher.«

»Und das war wann genau?«

»Ungefähr um fünf am Mittwochnachmittag.«

»An dem Tag, bevor Soledad entführt wurde.«

»Richtig.«

»Und hat sie erwähnt, weshalb er den Unterricht abgebrochen hat? Hat sie einen Grund genannt?«

»Nein, an so was habe ich überhaupt nicht gedacht. Sie kam herein, warf in einem Wutanfall ihre Tasche auf den Tisch und ging in ihr Zimmer hoch. Du glaubst, das könnte wichtig sein?«

»Vielleicht. Ich weiß es nicht. Es kommt mir einfach merkwürdig vor. Sie hat ihn an jenem Abend oder am nächsten Morgen, bevor sie zur Arbeit gegangen ist, nicht noch einmal erwähnt?«

»Nein. Weshalb sollte sie auch? Es war bloß ein Englischkurs, Guillermo. Und es klang so, als handelte es sich um ein Versehen. Was könnte es mit Soledad zu tun haben? Sie sah den Typen einmal die Woche – falls überhaupt. Was soll's also, wenn er seinen Unterricht abgebrochen hat und fortgegangen ist. Wahrscheinlich hatte er einfach vergessen, dass er an dem Nachmittag oder Abend noch irgendwo anders sein musste. Und du weißt ja, wie es hier in der Gegend auf den Straßen so aussieht.«

»Das weiß ich«, erwiderte ich und fühlte mich bei der ganzen Sache unsicher. »Aber denk mal darüber nach. Wenn Sergio ihren Unterricht nach der Hälfte der Zeit abgebrochen hat, muss die Sache für ihn wichtig genug gewesen sein, um Soledad einfach so hängen zu lassen. Es könnte auch sein, dass es sich nicht bloß um ein zufälliges Zusammentreffen von Umständen gehandelt hat, oder?«, gab ich zu bedenken. »Und was hat Sergio überhaupt die ganze Zeit draußen in Chacarita gemacht?«

Sie zuckte mit den Achseln.

Ich hielt inne und dachte nach. »Okay, du versuchst, so viel wie möglich in diesem Café herauszufinden. Alles über Soledad und darüber, was da drinnen passierte und weshalb er den Unterricht abbrach – wenn du das kannst. Vielleicht haben einige der Stammgäste etwas gesehen. Du musst womöglich eine Zeitlang dort herumhängen. Wenn wir uns aufteilen, kommen wir rascher voran. Ich treffe dich wieder in unserem Haus.«

»Und du fährst nach Chacarita?«

»Ja«, gab ich zur Antwort.

9. Kapitel

Eine halbe Stunde später parkte ich mein Motorrad vor einem italienischen Restaurant. Falls Sergio in diese Geschichte mit Soledad irgendwie verwickelt gewesen war, dann bestand die Möglichkeit, dass *los militares* immer noch irgendwo hier sein konnten. Vielleicht überwachten sie selbst jetzt noch die Örtlichkeiten. Ich zog los und trank einen Kaffee in einem nahe gelegenen Café, sodass ich zunächst einmal die Straße beobachten konnte. Doch es gab keinerlei Spuren von *los militares* oder von der Stelle, wo Sergio verunglückt war. Ich bezahlte und ging hinaus.

Die kurze Straße, die zum Eingang des Cementerio de la Chacarita führte, wurde zu beiden Seiten von Spalieren gesäumt, auf denen Blumensträuße, die auf leeren weißen Eimern balancierten, dicht an dicht gestapelt waren. Eine Frau, die sich in einem sanften Ton mit ihrem Kind unterhielt, bewässerte die Blumen mit einem Schlauch. Wasser tropfte herab und sammelte sich auf den grauen Steinplatten, die zu der Treppe führten. Daher waren meine Schuhe nass, als ich unten zwischen den hohen römischen Säulen ging und in die fast unmittelbare Stille zwischen den Friedhofsmauern trat.

Auf der anderen Seite der Straße war der Busbahnhof, einer der größten in der Stadt; und ein beinahe ständiger Strom von Bussen fädelte sich dort in den Verkehr ein und fuhr dann ab. In grober und rücksichtsloser Weise suchten sie sich anschließend ihren Weg zwischen den zahllosen anderen Fahrzeugen.

Es war nervenzermürbend, beinahe genau zwischen der fast vollkommenen Stille des Friedhofs und dem immer wieder ansteigenden, ständigen Getöse des Verkehrs zu stehen, wenn sich Taxen und alte Pick-ups um die besten Plätze vor der Ampel rangelten. Wenn man sich den dahinrasenden Verkehr rund um die Straße anschaute und einen grimmig blickenden Busfahrer beobachtete, der bei Rot über die Ampel fuhr, als ob dies die normalste Sache der Welt wäre, dann war es einfach, sich vorzustellen, wie es geschehen konnte, dass Sergio auf die Straße getreten war und in einem Moment der Unachtsamkeit einfach sein Leben verloren hatte.

Ich verließ den Friedhof und fragte eine Zeitlang herum, wobei ich stets auf irgendwelche Anzeichen von Ärger achtete. Ein paar Leute schienen irgendetwas über einen Unfall gehört zu haben, aber sie wirkten nicht überrascht oder besonders interessiert. Es hatte den Anschein, dass der alte Friedhof, der sich jenseits des Verkehrs im blendenden Licht abzeichnete, das Einzige darstellte, was hier dauerhaft war. Nur eine einzige Person, mit der ich sprach, hatte den Unfall mit eigenen Augen gesehen – oder zumindest die daran anschließenden Geschehnisse. Es war ein Mann, der vor einem großen grünen Zeitungskiosk ein paar Spielsachen an einem Ständer aufhängte.

»Da drüben«, sagte er und zeigte auf eine Stelle direkt unterhalb eines kleinen Seiteneingangs zum Friedhof. Er zuckte mit den Schultern und beäugte den Verkehr. »'ne Menge Leute standen einfach drumherum. Sie wissen bestimmt, wie das so ist. Und er hat's nicht geschafft, sagen Sie?«

»Leider nicht.«

»Das ist wirklich schade«, sagte er mitfühlend. »Ein junger Bursche, so wie er aussah. Hier in der Gegend gibt es alle naselang Unfälle. Na ja«, er wies auf den Verkehr, »schauen Sie sich die alle mal an. Die meisten von ihnen sind wie von Sinnen.«

»Und der Lastwagen?«, fragte ich. »Der Lastwagen, der ihn erfasste?«

Er zuckte wieder mit den Schultern. »Fuhr einfach weg. Könnte danach überallhin gefahren sein.«

»Und Sie haben das Fahrzeug nicht gesehen?«

»Nein. Es war schon fort, als ich dort hinkam.«

Er legte eine Pause ein, um sich zu erinnern, schob seine Brille weiter den Nasenrücken hoch, zog sich in den Schatten des Kiosks zurück und setzte sich dann auf eine große Holzbank. »Da war so eine Art von Stille«, begann er zu erzählen. »Es war merkwürdig. Alles war normal – und dann, nun ja, war diese Ruhe. Nach einer Weile gewöhnt man sich an den Lärm, und wenn er aufhört ... Also, da weiß man, dass etwas nicht stimmt. Ein paar Leute liefen die Straße entlang. Alle Autos hatten abgebremst, um ebenfalls genauer hingucken zu können. Ich ging hin, um nachzuschauen«, berichtete er ein wenig verlegen. »Die menschliche Natur ist so, nehme ich an. Der arme Bursche lag einfach da auf dem Boden. Er war sehr still und ruhig, sodass man ... Nun, man wusste, es war schlimm«, sagte er und fuhr sich am Hinterkopf übers Haar. »Jemand war bei ihm, stand neben ihm, sodass ich annehme, das könnte ein gewisser Trost für ihn gewesen sein.«

»Er war nicht allein?«, hakte ich rasch nach.

Er zuckte mit den Schultern. »Eine Frau war da. Allem Anschein nach war sie wie betäubt. Wartete auf den Krankenwagen, und als der kam, wurde sie von den Sanitätern gefragt, ob sie mit ihm ins Krankenhaus fahren wollte. Ich glaube nicht, dass sie mitfahren wollte; das war seltsam.«

»Aber sie ist dann doch mitgefahren?«

»Ja.«

»Glauben Sie, dass Sie seine Freundin war?«

Abermals zuckte er mit den Schultern. »Zu alt«, meinte er.

»Wie alt?«

»Vierzig. Fünfundvierzig.«

»Und Sie haben nicht gesehen, was er hier so gemacht hat?«

»Warum? Wieso fragen Sie?«

»Ich bin ein Freund der Familie, und seine Mutter weiß nicht, was er hier gemacht hat, als der Unfall passiert ist.«

Er zuckte erneut mit den Schultern. »Nun, er war vermutlich auf dem Friedhof. Eine Menge Leute kommen einfach her, um sich umzuschauen, wissen Sie – um ein paar von den berühmten Gräbern zu sehen. Dort drüben nahe der Stelle, wo er den Unfall hatte, gibt es einen Weg in den Friedhof hinein ...« Er zeigte zu der kleinen Seitentür in der Mauer.

Ich dankte dem Mann und ging auf diesen Eingang zu. Eine Weile schlenderte ich umher und versuchte nachzudenken. Der Friedhof war beinahe wie ein ordentlicher Vorort errichtet worden, mit nummerierten Straßenschildern am Ende einer jeden Allee. Anfangs zeichnete sich die Anlage durch eine Art gitterförmige Struktur aus, doch je weiter ich ging, desto weniger geordnet wurde das Ganze.

Plötzlich hüpfte ein Teenager, der einen gewaltigen Blumenstrauß trug, mit einer sonderbaren Heiterkeit an mir vorbei und verschwand um eine Ecke. Der Friedhof war riesig. Während ich ihn umkreiste, dachte ich über Pilar nach. Ich bewunderte die Art und Weise, wie sie ihre Verzweiflung unter Kontrolle hielt. Weder Carlos noch Marcus schienen sie im Geringsten aus der Fassung zu bringen, was ungewöhnlich war. Tatsächlich hatte es den Anschein, dass sie Carlos bereits halbwegs um den Finger gewickelt hatte. Ich versuchte, nicht mehr an sie zu denken, aber das war nicht einfach.

Ich spazierte weiter. Durch die zerbrochenen Fenster eines großen Mausoleums konnte ich sehen, dass es mit Urnen vollgestopft war, die dicht an dicht hinter Marmor standen. Regale, die voll mit ihnen waren, reichten hoch zur Decke und zu Treppen. Auf dem Absatz einer kleinen Treppenflucht gab es anscheinend irgendeine Art von Bürofläche von der Größe eines Schranks, und aus einem der offenen Fenster erklang leise Popmusik. Ein pausbäckiger junger Mann in einem ärmellosen schwarzen T-Shirt starrte aus dem Fenster auf mich herab. Er beobachtete mich eine Weile länger, dann drehte er sich fort.

Wahrscheinlich arbeitete er hier und kümmerte sich als Gärtner um die Anlage. Trotzdem begann ich mich augenblicklich ein wenig unwohl zu fühlen. Wie lange hatte er mich schon beobachtet? Vielleicht hatte man ihm gesagt, dass er nach Leuten Ausschau halten sollte, die nach Sergios Unfall zu lange hier herumhingen. Und möglicherweise griff er jetzt gerade nach dem Telefon in seinem Büro.

Ich sagte mir selbst, dass ich schlichtweg paranoid wäre. Doch ich hatte schon zu viel Zeit hier verbracht, und schlagartig fühlte ich mich draußen im Freien den Blicken anderer zu sehr ausgesetzt. Daraufhin machte ich mich auf den Rückweg und ging rasch unten am Fenster des jungen Mannes vorbei. Ich marschierte weiter, vorbei an einem zierlichen Sockel und einem geflügelten Engel von der Größe eines kleinen Kindes. Dann blieb ich abrupt stehen.

Das Mausoleum erstreckte sich bis zu dem kleinen Seiteneingang, wo ich den Friedhof betreten hatte und der sich nahe der Stelle befand, wo Sergio verunglückt war. Ich blickte zurück zu dem oberen Fenster. Der Mann war verschwunden. Durch die zerbrochenen Fenster in der Nähe des Seiteneingangs beleuchtete eine einzelne Glühbirne ein paar Treppenstufen. Beim ersten Mal war mir das entgangen. Jetzt spähte ich dort hinein.

Da war ein alter, stillgelegter Aufzug mit grünen Türen, die durch einen Sack mit gehärtetem Zement offen gehalten wurden. Ein straff hängendes Seil versperrte den Zugang zur Treppe nach unten. Doch im Unterschied zum Rest des Friedhofs gab es hier an dieser Stelle eindeutige Anzeichen für eine kürzlich erfolgte Störung. In der Staubschicht auf dem Boden waren Fußabdrücke hineingeschlurft worden, und draußen vor dem Gebäude gab es eine große Anzahl von sehr tiefen Reifenspuren, die sich in den Randbereich des Grases hineingegraben hatten.

Das musste natürlich nichts bedeuten. Doch Sergio war aus einem bestimmten Grund hergekommen. Hier musste irgendetwas gewesen sein. Die Reifenspuren sahen frisch aus. Für sich allein bedeutete es vielleicht nichts. Es sah jedoch so aus, als ob hier Gegenstände befördert worden waren, und das erst vor kurzem. Und der Ort hier war nicht sehr weit von der Stelle entfernt, wo Sergio getötet worden war. Ich starrte geradeaus. Von hier bis zur Pforte und dann nach draußen wäre es nur ein kurzer Spaziergang.

Die Tür bestand aus verrostendem Eisen, doch sie ging still und mühelos auf, als ob ihre Angeln gerade erst geölt worden wären. Zögerlich trat ich ein paar Schritte nach vorn. Von unten kamen eindeutig ein sehr starker Benzingestank und der Geruch von etwas anderem, das ich nicht zu identifizieren vermochte. Es war wie ein scharfer Desinfektionsgeruch, der sich durch den Mief des schimmligen, alten Gesteins schlängelte. Ich tat noch ein paar Schritte. Der Geruch wurde noch intensiver, als ich in die Hocke ging und unter dem Seil hindurchspähte.

Die Treppe führte spiralförmig abwärts, wohin, konnte ich jedoch nicht erkennen. Dort unten herrschte Dunkelheit, und nur die Umrisse von größeren Objekten – vielleicht von Schränken oder von Gehäusen einer vergessenen Maschinenanlage - waren zu erahnen. Auf der anderen Seite des Seils gab es weitere Stufen, und auf der obersten hing eine zerdrückte Zigarette über die Kante herab. Ich berührte das Seil und spürte an der Innenseite meiner Hand, dass es aus einem rauen, groben Material bestand. Es war brandneu.

Plötzlich erstarrte ich, denn ich bemerkte einen Schatten in der Türöffnung hinter mir. Ich setzte einen unschuldigen Gesichtsausdruck auf, und so beiläufig wie möglich drehte ich mich um.

»Sie dürfen nicht hier drin sein.« Es war der junge Mann in dem schwarzen T-Shirt. Mit drängenden Armbewegungen gab er mir zu verstehen, dass ich hinausgehen sollte. »Los! Kommen Sie da heraus. Sie haben hier drinnen nichts verloren.«

Ich zuckte mit den Achseln, folgte ihm aber nach draußen ins Helle.

»Was haben Sie dort drinnen überhaupt gemacht?«, verlangte er zu erfahren.

Ich schaute ihn an und verspürte die Gewissheit, dass er mir den ganzen Weg bis zu dieser merkwürdigen Stelle und der Treppe hinterhergegangen war. Mich überkam das plötzliche Verlangen, so schnell wie möglich hier zu verschwinden. Doch stattdessen blieb ich stehen.

»Hab mich bloß umgeschaut«, antwortete ich. »Merkwürdig. Was ist dort unten überhaupt?«

»Nichts ist da unten. Was haben Sie da drinnen gemacht?«, fragte er abermals. Seine Verärgerung nahm zu.

»Tut mir leid«, sagte ich. »Geht es um Reparaturen oder so was? Alles sieht ziemlich neu aus.«

»Was zum Teufel kümmert Sie das?«

Ich zuckte mit den Schultern.

Nervös schaute er sich hinter mir um. »Hören Sie, ich bin für den Ort hier verantwortlich. Und wenn ich Sie hier erneut sehe, werde ich Ihnen die Polizei auf den Hals schicken.«

»Die Polizei? Ich habe mich doch bloß umgeschaut, das war alles. Wo liegt das Problem? Was haben Sie denn dort unten?«

»Ich habe es Ihnen schon gesagt: nichts. Und jetzt verschwinden Sie von hier.«

Ich schaute ihn einen langen Moment an. Dann gelangte ich zu einem Entschluss. Plötzlich entschied ich, es zu riskieren. »Was hat es eigentlich mit diesem Unfall auf sich, der hier vor wenigen Tagen passiert ist? Ein junger Mann wurde da drüben bei der Pforte überfahren, nicht wahr? Genau das habe ich gehört.«

Er holte tief Luft und stand zunächst sehr still da. »Ich weiß nichts von irgendeinem Unfall«, entgegnete er schließlich.

»Aber Sie müssen davon erfahren haben. Es war da drüben, direkt dort auf der Straße. Erst vor zwei Tagen ist es passiert, und zwar abends. Ein junger Mann. Ein Unfall mit Fahrerflucht.«

Der Mann senkte die Stimme und blickte besorgt in Richtung des Ausgangs. »Hören Sie! Ich habe Ihnen gerade gesagt, dass ich nichts von irgendeinem verdammten Unfall weiß. Und jetzt gehen Sie hier heraus, und zwar auf der Stelle!«

»In Ordnung. Es tut mir leid«, sagte ich, zuckte mit den Schultern und marschierte ab. Bis ich den Friedhof verlassen hatte, starrte er die ganze Zeit über zornig hinter mir her.

Ich ging durch denselben Ausgang hinaus, den Sergio mit großer Wahrscheinlichkeit nur zwei Tage vorher genommen hatte. Dann schaute ich zurück. Der Gärtner war damit beschäftigt, die Tür zu verschließen. Ich ging schnell auf mein Motorrad zu. Als ich es schließlich erreichte, hatte ich die Gewissheit, dass es nicht Verärgerung gewesen war, die den Mann dazu getrieben hatte, mich auf diese Weise anzugehen. Es war Furcht gewesen.

10. Kapitel

Es war gegen zwei Uhr, als ich wieder nach Hause zurückkam. Erneut achtete ich darauf, dass man mich nicht verfolgte, und nahm einen großen Umweg auf mich. Auf der Avenida del Libertador legte ich einen Zwischenstopp ein und beobachtete die vorbeifahrenden Autos. Ich dachte über Soledad und ihren Gesichtsausdruck nach, den sie gezeigt hatte, kurz bevor sie weggeführt worden war. Die unermessliche Größe der Stadt um mich herum schien eine feste Form anzunehmen. Soledad könnte überall sein.

Die muffige, abgestandene Luft der Grabgewölbe schien mich zu verfolgen, als ich losfuhr und zwischen den anderen Fahrzeugen hindurchflitzte. Doch sie war verschwunden, als ich schließlich draußen vor dem Haus zum Stehen kam. Pilar wartete bereits auf mich und rauchte missmutig im Halbdunkel der Küche, deren Fensterläden geschlossen waren. Sie drückte ihre Zigarette aus, als sie mich hereinkommen sah, und stand auf.

»Okay«, sagte ich. »Was hast du herausgefunden? Hat sich die Kellnerin an irgendetwas erinnert? Irgendwas überhaupt?«

Sie schob ihren Stuhl zurück. »Nun, ich musste eine Weile dort herumhängen, und zwar bis zum Mittagessen, als die andere Kellnerin hereinkam. Ich erzählte ihr, dass Soledad vermisst wurde, und danach von Sergios Unfall. Sie wirkte ziemlich geschockt, als sie davon hörte.« Sie zuckte mit den Achseln. »Und sie erinnerte sich an diese Unterrichtsstunde. Sie hätte sich nicht speziell daran erinnert, doch etwas geschah und es war immerhin das letzte Mal, dass sie ihn sah.«

»Dann ist also tatsächlich etwas passiert?«

»Ja. Aber ob irgendwas davon etwas mit Soledad zu tun hat, das weiß ich nicht. Sie nahm wie üblich ihren Unterricht. Es war gegen fünf Uhr am Nachmittag, als es im Café ziemlich lebhaft wurde. Sie pflegten den Unterricht im hinteren Bereich abzuhalten, wo es ruhiger war, wenn es im Café geschäftiger zu werden anfing. Er traf sich für gewöhnlich mit all seinen Schülern immer am selben Ort, und er hielt sich den größten Teil des Nachmittags dort auf. Als der Unterricht mit Soledad ungefähr zur Hälfte vorbei war, kam jemand herein, um nach ihm zu suchen. Eine Frau.«

»Was hat die Kellnerin über sie erzählt?«

»Sie sagte, dass die Frau nach Sergio suchte. Und als die Kellnerin in den hinteren Bereich wies und die Frau dorthin ging, entfernte sich Sergio mit ihr ein Stück weit, und die beiden setzten sich gemeinsam an einen anderen Tisch.«

»Also kannte er sie?«

»Sieht so aus.«

»Und wie war sie so? Diese Frau? Konnte sich die Kellnerin an sie erinnern?«

»Nur, dass sie möglicherweise eine Ausländerin war. Sprach mit einem Akzent, mit einem englischen vielleicht oder einem amerikanischen. Das war alles, woran sie sich erinnerte.«

»Hatte sie den Eindruck, dass Sergio diese Frau erwartet hatte?«

»Ich weiß es nicht. Die Kellnerin war anschließend eine Weile ziemlich beschäftigt.« Pilar drehte einen Ring an ihrem Finger, bevor sie fortfuhr: »Doch nach einiger Zeit musste sie zurückgehen und in aller Ruhe ein Wörtchen mit den beiden reden. Sie hatten nämlich angefangen, sich zu streiten, und die Kellnerin musste ihnen sagen, dass sie ruhiger sein sollten. Ein paar Minuten danach stürmte Sergio aus dem Café, und dann rannte die Frau hinaus und hinter ihm her.«

»Und kann sie sich erinnern, worüber die beiden gestritten haben?«

»Leider nicht. Wie ich schon sagte: Sie war ziemlich beschäftigt.«

»Und Soledad blieb, wo sie war?«

»Ja. Sie sah aus, als ob sie damit rechnete, dass Sergio zurückkommen würde. Doch als das nicht geschah, blieb sie sitzen und trank ihren Kaffee zu Ende. Jedenfalls ging die Kellnerin zu ihrem Tisch und räumte dort auf. Dann kam das Ende ihrer Schicht, und sie ging nach Hause.«

Ich saß sehr still da und versuchte nachzudenken. Etwas war dort in diesem Café und dann später in Chacarita geschehen. Ein deutliches Bild von Soledad flackerte vor meinem inneren Auge auf, eine Vorstellung davon, wie sie in dem belebten Café auf Sergio wartete und schlückchenweise ihren Kaffee trank. Und anschließend von etwas anderem.

»Was gibt's, Guillermo?«

Ich blickte auf sie herab und verschränkte meine Arme.

»Okay, wir wissen, dass eine ältere Frau mit Sergio in dem Krankenwagen fuhr.«

»Du glaubst, es könnte dieselbe Frau sein? Die Frau, die ins Café gekommen war, um mit ihm zu sprechen?«

Ich nickte. »Möglicherweise. Und möglicherweise gingen sie gemeinsam schnurstracks zu dem Friedhof. Wenn es dieselbe Frau ist.« Ich hielt inne; in meinem Kopf wirbelten die Gedanken umher. »Sein Onkel hat sie überhaupt nicht erwähnt. Somit war sie vielleicht schon fortgegangen, als seine Verwandten im Krankenhaus eintrafen. Aber weshalb sollte sie es verlassen – es sei denn, sie hatte etwas zu verbergen oder wollte nicht gesehen werden, nicht wahr?«

Ich stand auf und schaute zum alten, ungepflegten Garten auf der Rückseite des Hauses. »Lass uns einen Augenblick darüber nachdenken. Sagen wir mal, die zwei gingen fort zu diesem großen, alten Friedhof in Chacarita«, überlegte ich laut. »Sergio hatte jedoch seinen Unfall erst gegen sieben. Folglich müssen sie eine ganze Weile dort gewesen sein, wenn sie nicht zuerst irgendwo anders hingegangen sind. Wenigstens eine Stunde. Weshalb also sind sie dorthin?«

»Hast du dort irgendwas gesehen, Guillermo?«

»Vielleicht. Ich weiß es nicht. Es ist seltsam, aber da gibt es diesen Ort. Ist abgesperrt worden, so wie es aussieht. Doch es gibt Anzeichen dafür, dass jemand vor kurzem dort gewesen ist. Ich weiß es nicht. Vielleicht ist es ja bloß ein Ort, wo man Material lagert. Aber das glaube ich nicht. Ich denke, da unten könnte irgendwas sein. Als ich dorthin ging, war da jemand, der aufpasste. Ein Gärtner. Er war da oben und schaute aus einem Fenster hinunter. Es war beinahe so, als ob er diesen Ort im Auge behielt. Ich weiß es nicht. Vielleicht hat man es ihm aus irgendeinem Grund gesagt. Sobald ich da hinunterging, kam er hinter mir her. Als ich eintrat und einen Blick darauf warf, forderte er mich auf hinauszugehen. Und was könnte es auf einem Friedhof geben, das so wertvoll ist, dass man darauf aufpasst? Der Typ kriegte Zustände. Und er sah auch verängstigt aus.«

»Hattest du Gelegenheit, dort nachzuschauen?«

»Nein. Der Kerl jagte mich davon. Doch ich habe nach dem Unfall gefragt.«

»Wirklich?«, rief Pilar überrascht.

»Ich musste das Wagnis eingehen. Ich wollte seine Reaktion sehen. Und er machte komplett dicht. Er wusste darüber Bescheid, aber er wollte partout nichts sagen.«

»Du denkst, wir sollten wieder dorthin gehen und ein weiteres Mal nachschauen?«

»Ja. Doch wir müssen noch warten. Könnte sein, dass der Kerl jemandem erzählt hat, dass ich mich umgeschaut und Fragen gestellt habe. Er könnte sogar irgendwo dort auf der Anlage wohnen. Und er war verängstigt, Pilar. Wir müssen warten, bis es dunkel ist, und dann werden wir es uns genau anschauen.«

11. Kapitel

Am Ende entschieden wir, bis nach ein Uhr in der Nacht zu warten, bevor wir nach Chacarita zurückfuhren. Sogar zu dieser nächtlichen Stunde waren die Straßen immer noch belebt, und die Lichter der Busse, Autos und Taxen blitzten an uns vorbei. Ich wusste nicht, wie gefährlich es war, dorthin zurückzukehren. Ich wusste noch nicht einmal, ob es dort irgendetwas gab, doch wir mussten vorsichtig sein.

Ich packte eine Taschenlampe in meinen Rucksack und zog irgendeine dunkle Jeans und ein schwarzes T-Shirt an. Carlos lieh Pilar seine schwarze Lederjacke, was sie irgendwie sogar noch umwerfender aussehen ließ als üblich. Wir setzten unsere Sturzhelme auf, und ich fuhr los.

Ich umkreiste den Friedhof zweimal, während Pilar sich an meinem Rücken festhielt. Als wir uns dem Ort näherten, lehnte sie während der Fahrt zu meiner Verblüffung ihren Kopf an meine Schulter und klammerte die Arme fest um meine Taille. Ich fuhr schnell, da ich mir sicher war, dass sie jeden Augenblick ihren Griff um mich herum lockern würde. Aber das tat sie nicht. Stattdessen ruhte ihre Wange an meiner Schulter.

Es gab keinerlei Anzeichen von irgendwelchen *militares* oder Polizisten. Ich parkte das Motorrad in der Nähe des italienischen Restaurants, sagte zu Pilar, dass sie die Augen offen halten sollte, und kletterte die breiten Stufen hoch. Die dicken Eisentüren an der Vorderseite waren fest verschlossen. Ich spähte hindurch. Es gab keine Hinweise, dass jemand drinnen war.

Wir gingen um die hohe Mauer herum und auf das kleine Tor an der Seite zu, wo ich den Friedhof am Nachmittag verlassen hatte. Es war ebenfalls verschlossen. Pilar schritt plötzlich weiter und gab mir dann mit einem Handzeichen zu verstehen, dass ich ihr folgen sollte. An der entferntesten Ecke der Mauer, wo der Friedhof sich von der Straße weg bog, gab es eine Plastikbarriere, die inmitten von Bäumen und Gestrüpp halb verborgen war. Wahrscheinlich wurde dieser Zugang von Zeit zu Zeit von vereinzelten Obdachlosen genutzt, um auf dem Friedhof zu schlafen. Allerdings gab es überhaupt keine Spuren von irgendjemandem, als wir schließlich dort hindurchgingen.

Wir schritten geradewegs auf die Rückseite zu und wurden schneller, als wir das Mausoleum erblickten. Ich blieb stehen und schaute sehr langsam nach oben, um zu sehen, ob es irgendein Anzeichen von dem Gärtner in seinem Büro gab. Ebenfalls überprüfte ich die Tür unterhalb seines Büros. Sie war verschlossen. Anschließend gab ich Pilar ein Zeichen mit der Hand. Der Strahl meiner Taschenlampe traf auf die Reifenspuren. Ich drückte die Tür auf und schwenkte behutsam die Taschenlampe umher, sodass der Strahl von den Wänden reflektiert wurde und oben zur Treppe glitt, von dort fiel er hinab auf das neue Seil, das straff entlang der Geländer hing. Ich schaute zurück und starrte zum Fenster hoch. Aber es gab immer noch keine Spur von dem Kerl. Auch nicht von jemand anderem. Doch ich war mir schlagartig sicher, dass wir in eine Falle getappt waren; und als ich in die Dunkelheit hineinstierte, verspürte ich die Gewissheit, dass wir das plötzliche Aufheulen einer Sirene sowie die Geräusche von Schritten und rufenden Männern hören würden.

»Bist du sicher, dass wir hier richtig sind?«, wisperte Pilar.

Ich nickte. Ohne weiter nachzudenken, ergriff ich unversehens ihre Hand, und wir duckten uns unter dem Seil durch und schritten die Marmorstufen hinab. Ich verspürte einen instinktiven Widerwillen, noch weiterzugehen, und hatte den sehr starken Wunsch, sofort umzukehren. Da unten gab es einen besonderen Geruch. Es war schwierig zu erkennen, um was es sich handelte. Ich fühlte eine plötzliche Angst vor dem, was wir dort unten entdecken könnten. Ich beschleunigte meine Schritte und wollte es zügig hinter mich bringen. Es gab einen Schalter fürs Licht, und ich knipste es an.

Überall entlang der Wände waren große, identisch aussehende Teile einer Maschinenanlage, und weit zur Rechten befanden sich halb offene blaue Türen, die anscheinend zum alten, stillgelegten Aufzug gehörten. Der feuchte Geruch, der von den Wänden aufstieg, war durchdrungen von diesem seltsamen Gestank nach Desinfektionsmitteln. Ich schritt auf den hintersten Bereich des Kellergeschosses zu, um mir die Anlage genauer anzuschauen.

Es gab drei schwere Stahltüren. Sie waren in langgezogene Backsteinmauern eingebaut, die sich direkt an die Kellerwände anschlossen. Eine der Türen stand auf, und im Innern konnte ich eine stählerne Trage erkennen, die sich bis ganz nach hinten hineinrollen ließ.

»Ein Krematorium«, sagte Pilar ausdruckslos.

Ich nickte. »Stillgelegt, wie ich glaube.« Ich schaute mich ein wenig länger um und spähte mithilfe meiner Taschenlampe in die dunklen Ecken. »Nun, das ist's also gewesen«, sagte ich. »Tut mir leid, Pilar. Doch ich glaube, ich muss mir hier Dinge eingebildet haben, die es nicht gibt. Schauen wir uns rasch um, und dann nichts wie raus hier.«

Wir stiegen wieder die Treppe zur Tür hoch. Vermutlich war der Gärtner einfach nur besorgt gewesen, er könnte seinen Job verlieren, und alles Übrige hatte meine Einbildungskraft erschaffen. Dennoch bat ich Pilar, kurz zu warten, während ich mich oben rasch umschauen wollte. Ich schüttelte den Kopf, als ich hochging, verärgert über mich selbst. Plötzlich hatte ich das Gefühl, mich unangemessen zu verhalten und der ganzen Sache nicht gewachsen zu sein.

Die Treppe verlief weiterhin recht steil und spiralförmig nach oben. Der Strahl meiner Taschenlampe fiel in einen schmalen Korridor. Zu beiden Seiten gab es Regale, die brechend voll waren. Es herrschte der süßliche Duft von zu vielen Blumen, die man in einen dunklen Raum hineingestopft hatte. Schlagartig blieb ich stehen, war mir nicht sicher. Dann lauschte ich erneut, und meine Augen wurden groß. Aus der Ferne kam das leise Rumpeln einer Maschine, das zwischen den steinernen Mauern widerhallte. Mein Puls beschleunigte sich, und mit plötzlich panischen Bewegungen tastete ich an der Taschenlampe herum und schaltete sie aus.

Ich konnte sehen, wie an dem kleinen Seitentor des Friedhofs rasch Lichter geschwenkt wurden und die Allee entlangschienen. Das tiefe Rumpeln wurde ständig lauter, während ich die Treppe wieder hinunterflüchtete. Es stieg an zu einem hohen, gut geölten Ton, und dann verebbte es ganz plötzlich. Ich rannte nach unten. Pilar, die dort wartete, spähte zur Tür hinaus; ihre Augen waren auf die Eingangstore gerichtet.

»Jemand muss uns gesehen haben, Guillermo«, wisperte sie mit weit aufgerissenen Augen. »Vielleicht ist es der Gärtner oder die Polizei.«

Nur wenige Fuß von uns entfernt, beinahe direkt vor dem Eingang, hatte ein Pick-up angehalten. Die beiden Fahrzeugtüren öffneten sich, und zwei Männer stiegen aus.

»Das ist nicht die Polizei«, flüsterte ich. »Das sind dieselben zwei Männer. Die Typen, die Soledad in dem Buchladen abholen wollten.« Mich überkam ein plötzliches Gefühl der Angst, gleichzeitig war ich aber auch sehr aufgeregt. Ich hatte recht gehabt. Hier ging etwas vor sich. Wir wussten nur noch nicht, was.

Das Risiko, den offenen Raum an der Eingangstür zu durchqueren, konnten wir nicht eingehen, weil uns dann die Männer sehen würden. Wir stürzten die Treppe zum Keller hinunter, denn wir konnten nirgendwo anders mehr hingehen. Mit zitternden Händen schaltete ich die Taschenlampe ein und prägte mir, so gut ich es nur vermochte, die Anordnung der Räumlichkeiten um uns herum ein. Dann knipste ich die Lampe schleunigst wieder aus.

Ich ergriff Pilars Handgelenk, und wir duckten uns hinter die Feuerungsanlagen im hinteren Kellerbereich. Es gab plötzliche Geräusche von oben. Jemand ächzte. Schritte kamen gemächlich die Treppe hinunter. Das Licht ging an. Hustende Geräusche und das Schaben von Schuhen, die über den Boden schlurften, waren zu vernehmen. Wir beide blieben einen Moment lang sehr still, starrten uns gegenseitig an und lauschten auf die Geräusche jenseits des blendenden Lichts. Wir warteten. Doch die zwei Männer schienen sich hier unten im Keller nur einen Überblick zu verschaffen, anstatt ihn zu durchsuchen.

»In Ordnung«, sagte einer von ihnen und seufzte. Beinahe augenblicklich waren Schritte zu hören, die sich auf der Treppe nach oben bewegten und dann verschwanden. Die Türen des Pick-ups öffneten sich erneut und wurden danach zugeknallt, und die Männer kamen wieder die Treppe hinunter. Aber diesmal waren sie viel langsamer. Sie ächzten und atmeten schwer. Auf halbem

Weg nach unten legten sie eine Pause ein. Pilar schaute mich fragend an. Einer von den Männern schniefte und spuckte aus. Es gab eine weitere Pause, die sich in die Länge zog. Dann warfen sie von irgendwo oben auf der Treppe etwas Großes und Schweres nach unten. Die Schritte entfernten sich abermals.

Mit äußerster Vorsicht spähte ich um die Ecke. Auf dem steinernen Fußboden lag etwas sehr Großes, das man eingewickelt hatte. Es war, wie es aussah, in etliche sehr große schwarze Müllsäcke gepackt worden. Es war unförmig und sperrig, lag in einem merkwürdigen Winkel am Fuß der Treppe, mitten zwischen Staub und altem Schutt. In dem künstlichen orangefarbenen Licht konnte ich gerade noch den dicken Malerkrepp erkennen, den man in ziemlich ordentlicher Weise um die Mitte und um den oberen Bereich des großen Bündels herum gewickelt hatte, wodurch die Müllsäcke an Ort und Stelle gehalten wurden. Innerlich schreckte ich vor dem Gedanken zurück, was sich in diesen Säcken befinden könnte. Meine Hände bebten.

Von oben waren weitere Geräusche zu vernehmen. Ich duckte mich wieder hinter die Feuerungsanlage und verspürte ein Übelkeitsgefühl, das von meiner Magengrube aus hochstieg. Ich schaute zu Pilar. Unverwandt starrten ihre Augen lange und unnachgiebig in meine eigenen. Ich kauerte mich sehr still zusammen und wartete ab.

Es wiederholten sich die gleichen Geräusche wie vorhin, diesmal jedoch waren sie lauter. Die Männer hoben etwas hoch und begannen, sich in Bewegung zu setzen; schlurfend kamen sie die Treppe hinunter. Abermals gab es diesen Übelkeit erregenden, hohlen Ton, als etwas Schweres von Beton abprallte und dann zum Fuß der Treppe hinabschlitterte. Pilar rückte langsam nach vorn, um nachzuschauen, doch ich gab ihr mit Handzeichen verzweifelt zu verstehen, dass sie damit aufhören sollte.

Wir warteten noch eine Weile länger und lauschten, während abermals Schritte auf der Treppe erklangen und nach oben hin verschwanden. Eine Zeitlang war überhaupt nichts zu hören. Ich eilte schnell über den steinernen Boden. Am Fuß der Treppe reckte ich den Kopf weit nach oben und lauschte. Pilar schien mir erneut folgen zu wollen, doch sie blieb völlig regungslos stehen, als sie sah, was dort unten vor der Treppe lag. Mit beiden Händen gab ich ihr zu verstehen, dass sie zurückgehen sollte, und dann kletterte ich die Stufen hoch und huschte zum Rand der Tür.

Bevor ich hinausschaute, holte ich ganz tief Luft und versuchte, mich zu beruhigen, so gut ich es vermochte. Inzwischen hatte ein fast unkontrollierbares Zittern mich überkommen. Ich atmete ein und aus. Meine Wange stieß leicht gegen das Gestein. Mich beschlich eine Benommenheit und Lähmung, und dann ergriff sie mich, sodass ich mich einen Moment lang nicht bewegen konnte. Danach drehte ich ganz langsam den Kopf zum Rahmen und spähte zur Türöffnung hinaus.

Der Pick-up war ein recht neu aussehender Toyota. Die zwei Männer standen an der Motorhaube und plauderten miteinander. Es gab keinen Zweifel: Dies waren die *militares*, die Soledad hatten abholen wollen. Die beiden schienen überhaupt keine Eile zu haben, und jetzt konnte man den Eindruck gewinnen, dass sie die geruhsame Stille des Friedhofs genossen. Sie hatten sogar die Beleuchtung des Pick-ups eingeschaltet gelassen, sodass in den mächtigen Lichtstrahlen die Grabmäler vor ihnen hell aufschienen. Als einer der beiden an den Lichtern vorbeiging und lachend zum Heck des Pick-ups schritt, blendeten die Scheinwerfer plötzlich ab und tauchten den Friedhof einmal mehr in flackernde Dunkelheit. Der Mann streckte den Arm aus und holte einen Benzinkanister heraus, danach ergriff er noch einen weiteren und setzte die beiden Behälter grob auf dem Asphalt ab. Anschließend holte er hinten aus dem Wagen noch einen alten Lappen, hievte die Heckklappe hoch und schlug sie mit einem Knall zu. Er nahm die zwei Kanister auf und kam auf den Eingang zu.

Ich duckte mich rasch wieder weg und drückte meinen Körper ganz fest gegen die Wand. Ich lauschte angestrengt, als die Schritte näherkamen. Plötzlich schien alles zu lebendig und zu real zu sein. Da war ein widerlich süßlicher Geruch nach feuchtem Moos und Gestein. Ich wartete angespannt. Die Schritte wurden lauter. Unwillkürlich griffen meine Hände in die Seiten meines Körpers, und die Finger bohrten sich fest in mein Fleisch. Beinahe hätte ich mich umgedreht und wäre davongelaufen, als mir der Gedanke kam, ich könnte Pilar packen und mit ihr zusammen irgendwie verschwinden. Stattdessen wartete ich weiter. Als Nächstes sah ich, wie zwei Hände mit jeweils einem Benzinkanister in den Eingang hineinschwenkten. Mein Gesicht verzerrte sich zu einer wilden Grimasse. Der Mann stellte die Behältnisse direkt in der Türöffnung ab.

Und dann drehte er sich weg. Ich wartete ab. Die Schritte verschwanden allmählich. Ich atmete aus und starrte auf die Benzinkanister. Wofür brauchten sie Benzin? Doch ein Teil von mir wusste es bereits. In gewisser Weise ergab es einen Sinn. Welch besseren Ort gab es, um das zu beseitigen, was dort unten lag, als ein Gebäude, das genau zu diesem Zweck errichtet worden war? Ein weiteres Mal atmete ich tief ein, und langsam lugte ich erneut nach draußen … Die zwei Männer stiegen gerade in den Pick-up ein. Die Türen wurden zugeknallt, und der Wagen fuhr langsam fort. Ich beobachtete, wie er vor dem Haupttor zum Stehen kam, wo ich nun ein kleines, büroähnliches Gebäude erblickte. Der Fahrer stieg aus und schritt darauf zu, wobei er in seine Tasche griff und Schlüssel hervorholte. Ich drehte mich um und spurtete die Treppe hinunter, auf die beiden großen Bündel zu, die da unten auf dem Boden lagen.

Für einen weiteren Augenblick starrte ich bloß darauf. Da war ein dunkler, siedender Schmerz in meinem Kopf. Die einzelne, nackte Glühbirne an der Decke warf zwei unförmige Schatten auf den Boden, und die Wahrheit schien so abscheulich zu sein, dass ich ihre Bedeutung kaum zu begreifen vermochte. Aber das, was sich hier vor mir befand, war so real wie die Hände vor meinem Gesicht, die jetzt – beinahe wie aus eigenem Antrieb heraus – an einem der Säcke an den klebrigen Malerkreppbändern herumfummelten.

Der Müllbeutel fühlte sich immer noch ein bisschen warm an. Ich zwang mich, weiter zu zerren. Mit einem Ausdruck fassungslosen Entsetzens beobachtete mich Pilar, die neben der Feuerungsstätte verharrte. Ich wühlte an den Bändern herum, meine Fingerspitzen und -nägel bohrten sich seitlich unter den Malerkrepp, und dann riss ich daran.

»Wo sind sie?«, fragte Pilar leise.

»Sie sind weg. Um noch irgendwas zu besorgen, glaube ich. Doch sie können jeden Augenblick zurückkommen. Wir haben nicht viel Zeit. Du musst mir helfen. Komm her, Pilar. Schnell. Wir müssen sehen, was hier drin ist.«

Pilar ging zu dem anderen Bündel und drehte es behutsam auf die andere Seite. Ich zog weiterhin an dem Plastik. Es gab ein reißendes Geräusch, das für mich entsetzlich klang, und dann – bevor ich mich gegen das wappnen konnte, was ich im nächsten Moment erblicken würde – sah ich, wie zwischen dem schwarzen Plastik ein einzelnes, sehr bleiches Hautstück zum Vorschein kam. Augenblicklich verzerrte sich mein ganzes Gesicht. Sehr vorsichtig zog ich weiter an dem Plastik. Zuerst wurde der Unterteil eines Kiefers enthüllt, und danach erschienen Lippen, die geöffnet waren, sodass ich ein paar Zähne sehen konnte, und anschließend ein Wangenknochen. Ich vernahm den Geruch von Plastik und menschlichem Fleisch, und dann war da noch der fremdartige, chemische Gestank, der mir am gestrigen Nachmittag aufgefallen war und der sich jetzt viel stärker bemerkbar machte.

Über der Wange war ein trübes blaues Auge, das zur Decke hochstarrte. *Bitte, lass es nicht Soledad sein!* Doch ich konnte nicht klar denken, konnte mich nicht daran erinnern, welche Farbe ihre Augen hatten, konnte überhaupt kaum denken, während meine Hände an dem Plastik herumfummelten. Der Körper war entkleidet worden. Es gab keine persönlichen Besitztümer und keinen Schmuck. Und als ich meinen Kopf von dem Plastik ein Stück weit abwendete und in die Öffnung hineinspähte, erkannte ich, dass die Frau älter als Soledad war. Mitte dreißig. Ihre Kopfhaare waren vollständig abrasiert worden.

Ich musste feststellen, dass ich mich allem Anschein nach nicht bewegen konnte. Stattdessen starrte ich bloß vor mich hin, vor Entsetzen wie betäubt. Schließlich drehte ich mich um.

»Ist sie es? Ist es Soledad?«, fragte Pilar mit zitternder Stimme.

»Nein. Es ist jemand anders. Eine Frau. Ich weiß nicht, wer sie ist.«

Pilar tat bereits das Gleiche bei der anderen eingewickelten Leiche. Verzweifelt lauschte ich auf Geräusche des Pick-ups, und dann half ich ihr. Anscheinend gelang es ihr nicht, das Plastik zu entfernen. Gemeinsam lösten wir das Kreppband, das auf dem Gesicht klebte. Anschließend fummelte jeder von uns am Plastik und riss es auf. Pilar bewegte die linke Hand an ihren Mund. Mit voller Absicht biss sie sich fest in den Zeigefinger. Ich ging näher an die Öffnung heran und schaute hinein.

Sie war vielleicht Ende zwanzig gewesen. Blut bedeckte ihr Gesicht wie eine Maske und war auch überall im Innern des schwarzen Sacks. Wie bei der anderen Frau hatte man ihr den Kopf rasiert; an einigen Stellen gab es noch einen Haaransatz, was dem Schädel ein rohes Aussehen verlieh.

»Sie ist es nicht«, wisperte Pilar und zog jede Silbe in die Länge. »Es ist nicht Soledad.«

Plötzlich konnte ich von oben das beständige Tuckern des Pick-ups hören. Einen Augenblick lang erstarrten wir beide. Dann befestigten wir mit hektischen Bewegungen die Kreppbänder wieder an Ort und Stelle, bedeckten die Gesichter so gut und so ordentlich, wie wir es in der Eile vermochten. Mit größter Behutsamkeit drehten wir das erste Bündel so um, dass die Tote mit dem Gesicht nach unten lag. Anschließend wendeten wir auch die andere Leiche. Oberhalb von uns stiegen die Geräusche des Pick-ups zu einem gedämpften Dröhnen an. Ich ergriff Pilars Hand, und dann flitzten wir die Stufen hoch. Dort gingen wir seitlich von der Tür in die Hocke und warteten ab.

Ich gab Pilar mit Handzeichen zu verstehen, dass wir hier ausharren mussten. Der Pick-up kam gerade um die Ecke. Der Fahrer schien direkt auf uns zu starren, und ich war sicher, dass als Nächstes die Scheinwerferlichter schlagartig auf die Tür leuchten würden. Doch stattdessen blickte der Mann nach unten, wechselte den Gang und schaute dann wieder hoch. Ich wartete noch einen Moment, dann packte ich Pilar am Arm, und wir sausten an der Türöffnung vorbei. Äußerst behutsam stiegen wir die Treppe zum langen Korridor im Obergeschoss hoch. Wir duckten uns und schöpften Luft. Danach schauten wir durch das Fenster nach unten.

Die Männer plauderten noch eine Weile. Der Fahrer warf schließlich seine Zigarette aus dem Wagen, und beide Türen öffneten sich. Die Männer hatten zwei dicke Arbeitsoveralls aus dem Büro geholt. Jetzt begannen die beiden, die Kleidungsstücke anzuziehen.

Mucksmäuschenstill warteten wir ab, bis wir hörten, dass sich ihre Schritte die Treppe hinunter bewegten.

Danach war zu vernehmen, wie die Müllsäcke über den Boden geschleift wurden. Es gab eine kurze Pause, eine gedämpfte Unterhaltung, von der wir zu weit weg waren, um die Worte zu verstehen. Abermals kamen von tief unten die schleifenden Geräusche zu uns hoch, und dann war das Quietschen von Angeln einer Ofentür zu hören.

Wir warteten eine weitere lange Minute ab, bevor wir vorsichtig die Treppe hinunterschlichen. Plötzlich gab es einen lauten Schreckensruf. Pilar riss die Augen weit auf. Wir machten uns bereit, sofort wegzurennen.

»*Pero la puta madre!*«, rief einer von ihnen laut und angewidert.

»Was gibt's?«

»Komm und sieh selbst. Schau dir die da an!«

»Himmelherrgott! Ratten. Das müssen Ratten gewesen sein.«

»O Gott.«

Pilar und ich hielten lautlos inne und warteten ab. Die Geräusche von Plastik, das über Steine rieb, waren erneut zu hören. Anschließend das Quietschen einer Tür.

Die Männer seufzten und ächzten, als sie die zweite Leiche zu einem der Öfen hochhoben. Langsam gingen wir weiter die Treppe hinunter, warteten noch einen Augenblick und flohen dann hinaus. Wir schlängelten uns zwischen den Grabstätten hindurch und kreuzten dabei den Weg, auf dem wir hergekommen waren.

12. Kapitel

»Mein Gott, Guillermo, für einen Augenblick dachte ich, es wäre tatsächlich sie gewesen, die da unten lag.« Sie schien plötzlich all die Möglichkeiten zu begreifen, die sich aus dem ergaben, was sie gesehen hatte. »Aber glaubst du … glaubst du, dass man sie bereits …?« Ihre Stimme brach plötzlich. »Dass Soledad vielleicht …«

Ohne nachzudenken, ergriff ich sie und hielt sie fest an mich gedrückt. Ich konnte spüren, wie das Herz in ihrem Brustkorb schlug, als sie ihr Gesicht dankbar an meinen Hals presste. So ruhig, wie wir es vermochten, waren wir die kurze Strecke bis zu meinem Motorrad gegangen, das ich abermals in der Nähe des italienischen Restaurants auf der anderen Straßenseite geparkt hatte. Es gab dort einen alten Zeitungskiosk, der nachts geschlossen war, und in seinem dunklen Schatten blieben wir, fernab von der Beleuchtung des Restaurants. In einem verschwommenen, ständig aufflackernden orangefarbenen Licht fuhren die Busse und Taxen an uns vorbei. Ich hielt Pilar fest, solange ich es wagte, und war dabei froh über all die Leute und die anhaltende Geräuschkulisse der Stadt. Schließlich ließ ich sie widerwillig los.

»Soledad wird es gut gehen«, versicherte ich mit so viel Überzeugung, wie ich aufzubringen vermochte. »Es war nicht sie, die da unten lag.«

Pilar drehte sich weg, sodass sie in Richtung der sich weit spannenden Friedhofsmauern jenseits des Straßenverkehrs blickte. »Diese zwei armen Frauen …«, sagte sie, und es klang fast wie benommen.

»Ich weiß«, antwortete ich.

Die Ruhe, mit der sie beinahe wie ein Handwerker die Malerkreppbänder weggezogen hatte, schien vollständig verflogen zu sein. Sie ging ein paar Schritte vorwärts, sodass sie mir den Rücken zuwandte, und starrte auf den Verkehr. Ich hielt Ausschau nach Anzeichen von weiteren *militares*, die die Örtlichkeiten hier beobachteten oder Wache hielten, doch ich konnte nichts dergleichen sehen.

»Wir werden ihnen folgen«, sagte Pilar und wischte sich über die Augen. »Sobald sie dort drüben fertig sind. Sie werden uns möglicherweise zu ihr führen.«

Ich schob das Motorrad über die Straße und stellte es in kurzer Entfernung vom Bürgersteig vor einem kleinen geschlossenen Stand neben der Friedhofsmauer ab. Dann sah ich auf meine Uhr. Wie lange würden die zwei Männer brauchen, um das zu beenden, was sie da unten taten? Wie lange dauerte es, zwei Leichen zu verbrennen?

Ich schaute nach hinten über die Mauern hinweg und sah dunkle Rauchwolken, die still zum Himmel stiegen. Keiner außer uns schien sie zu bemerken. Wir warteten, und nach einer sehr langen Zeit, wie es uns erschien, schwang plötzlich das Tor auf. Der Beifahrer trat hinaus; er hatte wieder seine Zivilkleidung angezogen. Er wartete, bis der Pick-up sich langsam vom Bürgersteig fortbewegte, dann zog er das Tor zu, schloss es hinter sich ab und stieg wieder in den Wagen.

Der Pick-up fuhr los und fädelte sich in den Verkehr ein. Pilar und ich setzten unsere Sturzhelme auf und folgten dem Wagen. Innerhalb von Minuten hatte er die Avenida de Las Incas erreicht und führte uns beinahe in gerader Linie nach Westen. Auf der Straße gab es selbst zu dieser nächtlichen Stunde regen Verkehr, der ununterbrochen in beide Richtungen verlief, und der Pick-up wurde eine kleine Weile von Bussen in die Mitte genommen, bevor wir ihn aus dem Blick verloren.

Während ich fuhr, dachte ich an jene zwei Frauen dort unten, die am Fuße der Treppe abgeladen worden waren. Je weiter wir uns vom Friedhof entfernten, desto weniger leicht war es, das Gesehene für real zu halten. Die Geräusche des Verkehrs verhöhnten die schreckliche Stille jenes Ortes, und jede Meile, die wir fuhren, entzog sich das grausige Schauspiel von Chacarita meiner Betrachtung, sodass die Grenzen meines Gedächtnisses irgendwie undeutlich und irreal wurden. Da erhaschte ich abermals einen flüchtigen Blick auf die Männer im Pick-up. Sie fuhren, wie es schien, ohne sich auch nur im Geringsten irgendwelche Gedanken zu machen.

Eine Zeitlang hielten wir uns zurück. Wasser spritzte auf, flog zischend um die Räder meines Motorrads, als wir eine scharfe Kurve nahmen und an einem geborstenen Wasserleitungsrohr in der Straße vorbeikamen. Ohne Vorwarnung scherte der Pick-up leichtsinnigerweise aus, schnitt zwei PKWs sowie ein Taxi und schwenkte nach rechts. Er passierte einen gepflegt aussehenden Supermarkt und verschwand ein paar Blocks weiter durch die Tore eines Bauwerks, das wie eine sehr große Autowerkstatt aussah. Ein Stück weiter hielten wir bei einer kleinen Ladenzeile an, stiegen vom Motorrad und schlichen dann mit äußerst Vorsicht auf diesen Eingang zu.

Wir schauten es uns von der anderen Straßenseite aus an, nachdem wir unter den ramponierten Markisen eines schäbig wirkenden Cafés stehen geblieben waren. Die zwei Männer hatten innerhalb der Grenzen eines merkwürdigen, hässlichen Komplexes angehalten, der eine Mischform von Gebäuden darstellte und der, seinem

Äußeren nach, einen sehr behördlichen Charakter hatte. Im Zentrum des Anwesens waren Gebäude abgerissen worden, um Raum für einen Parkplatz zu schaffen. Die Tore der Autowerkstatt waren offen, und wir konnten über eine leere asphaltierte Fläche hinwegschauen. Der Pick-up stand allein an der Rückseite einer Lagerhalle.

Die Autowerkstatt schien in zwei voneinander getrennte Bereiche unterteilt worden zu sein. Längsseits gab es einige Büros, und ganz weit hinten waren einige weitere Verwaltungsgebäude. Sie alle machten den Eindruck, als wären sie geschlossen. Je weiter der Komplex nach links verlief und zur Straße hin herausragte, desto strenger und düsterer wurde sein Aussehen.

Ich war schon im Begriff, einen weiteren Schritt zu tun, als Pilar mich packte und grob nach hinten in die Dunkelheit des Cafés zerrte. Wir bewegten uns noch ein Stück weiter in die Finsternis und blieben dann sehr eng beieinander stehen. Ohne Vorwarnung tauchten seitlich von der Lagerhalle die Lichter eines Wagens auf, der über den Asphalt sauste und dann aus dem Komplex hinaus und auf die Straße schwenkte. Es war ein Ford Falcon. Wir schauten zu, wie er, noch auf dem Gelände des Komplexes, über eine kleine Erhebung hinwegfederte, danach durch das Tor fuhr und innerhalb von Sekunden aus unserem Blickfeld verschwand.

Sogleich spurteten wir zu meinem Motorrad und fuhren hinterher. Wir holten auf, und das Auto kam in Sicht, als es wieder auf die Hauptstraße zusteuerte. Diesmal hielt ich mich weit zurück, während der Falcon uns aus der Stadt heraus und auf die Autobahn führte. Zunächst war ich mir sicher, dass man uns auf der breiten offenen Fläche der Straße schlussendlich entdecken würde, doch es waren weniger Fahrzeuge unterwegs, und wir konnten es uns leisten, weit zurückzuhängen. Es gab keine Möglichkeit, zu erfahren, wohin wir unterwegs waren. Doch wir ließen die Stadt schnell hinter uns, und ihr unfreundliches, blendendes Licht verschwand allmählich in meinem Seitenspiegel.

Ungefähr eine halbe Stunde später verschwanden die Lichter des Falcon plötzlich vollständig. Ich war zu vorsichtig gewesen, und jetzt hatten wir den Wagen verloren. Ich fluchte und beschleunigte das Tempo, und dann machte ich kehrt, sobald es möglich war. Anschließend nahm ich eine kleine Nebenstraße, die kurvenreich in Richtung Tigre-Delta verlief. Ich fuhr weiter, während Pilar mit zunehmender Verzweiflung in alle Richtungen Ausschau hielt. Das braune Wasser des Mündungsgebiets tauchte plötzlich vor uns auf, das sich entlang eines dunklen, breiten Bandes zum Horizont hin schlängelte. Wir fuhren weiter, und innerhalb von Minuten fanden wir uns am Rande eines kleinen Dorfes wieder, das sich entlang des Flussufers erstreckte.

Mit der Faust schlug ich gegen den Benzintank. Die Motorgeräusche meiner Maschine hallten von den Wänden der kleinen Häuser im Dorf wider. Dann klopfte Pilar mir plötzlich auf die Schulter und streckte den Finger aus. Der Falcon war ordentlich unten am Rande einer Straße geparkt, die einen kleinen Hang hinabführte. Abrupt brachte ich das Motorrad zum Stehen und spähte in die Dunkelheit.

Ich parkte die Maschine in der Nähe eines kleinen, gepflegten Cafés und überquerte vorsichtig die Straße. Dabei schaute ich in alle Richtungen. Keine Spur von den Männern. Der Wagen war leer. Pilar tauchte plötzlich neben mir auf.

»Aber wo sind …?«

Pilar hob die Hand. »Hör genau hin«, sagte sie.

Ich blendete die Geräusche des Ufers aus. Und da war es. Das schwache, brummende Heulen eines Motors. Ich versuchte, das Boot zu sehen, aber es war bereits zu weit fort. Eine kleine Weile lauschten wir noch, bis sich das monotone Brummen seiner Maschine vollständig verflüchtigt hatte und alles, was übrig blieb, das Geräusch der Wellen war, die sanft gegen die Anlegestelle schlugen.

13. Kapitel

Wir kehrten zurück, gerade als die Morgendämmerung am Horizont anbrach. Ich hatte mir Sorgen gemacht, dass Carlos auf uns gewartet hatte und wütend war, aber er war nicht da. Dann hörte ich, wie die Badezimmertür sich öffnete und die Dusche ansprang, als Pilar hineintrat. Ich versuchte, nicht an sie dort oben zu denken. Stattdessen überlegte ich, mit wem und was wir es zu tun hatten. Bislang hatten wir Glück gehabt, aber früher oder später würde es uns verlassen. Man würde uns möglicherweise an einer Straßensperre anhalten. Oder unsere Gegner würden herausfinden, was wir vorhatten, und beim nächsten Mal auf uns warten. Sie mussten irgendwo auf der Suche nach mir sein. Da draußen auf den Straßen stand mein Name bereits auf einer Liste. Ich war ein Verbrecher, ein Terroristen-Sympathisant, und die meisten Leute würden kein Mitleid haben, wenn man mich gefangen nähme und ich auf Nimmerwiedersehen verschwände. Sie machten Jagd auf mich. Schon jetzt durchstreifte ein Ford Falcon die Straßen auf der Suche nach mir. Ich erinnerte mich an die zwei Frauen dort unten auf dem kalten Marmor. Ständig starrte ich nach draußen auf die dunkle Straße. Hier war ich sicher. Ich musste es mir selbst immer wieder sagen.

Ich ging in die Küche und setzte mich hin. Als Pilar im Bad fertig war, stellte auch ich mich unter die Dusche. Eine Zeitlang konnte ich nur an das finstere Chaos und den Aufruhr an jenem Ort denken. Ich erinnerte mich, wie klebrig sich das Plastik angefühlt hatte, und an das reißende Geräusch der Kreppbänder. Ich schloss die Augen, und augenblicklich schienen meine Erinnerungen bruchstückhafter und irgendwie substanzloser zu sein. Als ob all das in gar keiner Weise etwas mit mir zu tun hätte.

Das Haus war still und warm. Durch die fleckige Glasscheibe konnte ich sehen, wie draußen die Sonne aufging und wie sich auf den Wänden eines großen Mietshauses am Ende der Straße die Schatten nach oben hin ausbreiteten.

Pilar war so leise hereingekommen, dass ich zusammenzuckte, als sie die Duschvorhänge zur Seite schob. Sie lachte auf. Und bevor es mir richtig klar wurde, stand sie mit mir unter dem herabströmenden Wasser. Sogleich schlang sich ihr hagerer, kalter Körper um meinen. Ihre Augen blinzelten im Wasser, und sie lächelte. Das Wasser trommelte in meinen Ohren und strömte ihren schlanken Hals hinab. Ich küsste sie.

Ihre Augenlider flatterten ein wenig, und sie starrte mich mit diesem Ausdruck an, der ihr eigen war, ein Blick voller Stolz und Trotz, während das Wasser von ihren Schultern herabspritzte und sich um ihre Füße herum ansammelte. Sie sah zerbrechlich und gleichzeitig felsenfest aus.

»Ich bin für gewöhnlich nicht so leicht zu haben«, sagte sie.

»Ist schon in Ordnung«, antwortete ich, »für mich gilt das Gleiche.«

Sie lachte und bewegte sich auf mich zu, und ich zog sie näher an mich heran, wollte sie unbedingt, unbedingt haben. Ihre sonnenverbrannten Hände kamen auf mein Gesicht zu und fuhren ganz langsam an meiner Unterlippe entlang.

»Es ist nur so, dass ich vergessen muss«, erklärte sie. »Alles vergessen muss, auch wenn es bloß für eine kleine Weile ist.«

Und während das Wasser auf unsere Rücken trommelte, waren Männer mit Schrotflinten und glänzende Ford Falcons für eine kurze Zeit vergessen. Draußen bewegte sich die Sonne auf ihrer Bahn über die Stadt hinweg, derweil in einem kleinen, vergessenen Bereich des Friedhofs vielleicht immer noch Rauchfahnen durch die Morgendämmerung zogen.

14. Kapitel

Carlos traf gegen neun Uhr in der Früh ein. Ich hatte frische Kleidung angezogen und wartete auf ihn, als er hereinkam; geschlafen hatte ich so gut wie gar nicht. Ich erzählte ihm, was wir in der letzten Nacht entdeckt hatten, während er sich einen *mate* machte.

Eine Zeitlang war er sehr still, dann sagte er: »Also, letzte Nacht sind sie wieder zum Haus zurückgekehrt. Diesmal haben sie es richtig auseinandergenommen. Haben auch den Nachbarn schreckliche Angst eingejagt. Eine lange Zeit – wenn überhaupt – werden wir nicht mehr dorthin zurück können.«

»O Gott, das tut mir leid.«

»Hör zu, wir werden möglicherweise von hier verschwinden müssen.«

»Aber wohin? Wohin sollen wir denn gehen?«

»England«, antwortete Carlos rundheraus. »Ich habe unsere Pässe mitgenommen, als wir fortgegangen sind. Wir werden sie benutzen müssen, wenn diese Sache hier irgendwie noch schlimmer wird.«

»Und Pilar? Was ist mit ihr? Was ist mit Soledad?«

»Du wirst die beiden vielleicht vergessen müssen. Es tut mir leid, Guillermo, aber ich sehe keine andere Möglichkeit. Nach Aussage von Marcus wurde Soledad zum ›*comisario* Zwei‹ gebracht.« Carlos senkte seine Stimme. »Sieht so aus, dass die Kerle ziemlich grob zu ihr gewesen sind. Die haben einige Zellen dort unten. Dann haben sie sie ein paar Stunden später fortgebracht.«

»Wohin?«

Carlos rieb sich das Gesicht. »Niemand wird das sagen. Wir versuchen alles, Guille. Ich habe jeden Kontakt ausgenutzt, um zu erfahren, wohin die Kerle sie gebracht haben, aber keiner sagt was. Die ganze Nacht habe ich mich überall erkundigt. Ich dachte, wenn wir herausfinden könnten, wo sie ist oder was sie getan hat, dann sind wir vielleicht in der Lage, einen Deal zu machen. Doch *los militares* sind äußerst erpicht darauf, herauszufinden, wo du bist.«

»Und du hast nicht herausgekriegt, was die Typen von ihr wollen?«

»Niemand ist bereit zu reden. Nicht die Polizei. Nicht *los militares* für irgendeinen Geldbetrag. Keiner. Gott allein weiß, in was für eine Sache sie sich verstrickt hat, aber es ist schlimm. Und du steckst jetzt ebenfalls bis zur Halskrause drin. Und ich glaube nicht, dass irgendetwas, das du nun machst, daran was ändern wird. Es ist zu spät. Dir läuft die Zeit davon. Die Sachen, die ich gehört habe …« Carlos schloss kurz die Augen. »Leute sind in Angst und Schrecken versetzt. Es hat eine ganze Menge weiterer Entführungen gegeben«, hob er hervor. »Aktivistinnen. Fünf von den *locas,* diesen wahnsinnigen Frauen von der Plaza de Mayo, sind erst vor wenigen Wochen verschwunden. Sie wurden entführt, und das macht alle noch nervöser als gewöhnlich.«

»Wahnsinnige Frauen?«

»Aktivistinnen. Die Mütter von der Plaza de Mayo. *Locas* – verrückte Frauen. Hast du nie von ihnen gehört?«

Ich schüttelte den Kopf.

»Ich vorher auch nicht. Aber offensichtlich hat die ausländische Presse von ihnen erfahren, als die Journalisten wegen der Fußballweltmeisterschaft hier waren. Wie gemacht für eine hübsche Berichterstattung, und sie haben seitdem eine ganze Menge Presse im Ausland gehabt. Jede Woche gehen diese Frauen zum Platz, stellen sich direkt vor der *Casa Rosada* hin und marschieren dann immer und immer wieder im Kreis herum und verlangen zu erfahren, was mit ihren Kindern passiert ist. Ihre Kinder sind alle von *los militares* verhaftet worden und wurden seitdem nicht mehr gesehen. Also kannst du dir vorstellen, was *los militares* davon halten und was sie gerne mit diesen Frauen machen würden, wenn sie dazu eine Gelegenheit bekommen.« Carlos hielt kurz inne, bevor er erklärte: »Es ist illegal, wenn man eine öffentliche Versammlung mit mehr als drei Leuten abhält; daher gehen sie auf dem Platz ständig im Kreis herum, und zwar Arm in Arm zu zweit. Ein paar andere Sachen haben sie ebenfalls gemacht. Einige andere Verwandte, die mit ihnen zusammenarbeiten, haben sogar in einer Zeitung eine Anzeige mit einer Liste all jener Menschen geschaltet, die in den letzten Wochen verschwunden sind. Natürlich können sie nicht am helllichten Tage direkt vor dem Präsidentenpalast einen ganzen Pulk von Müttern verhaften, und daher sind sie hinter ihren Anführerinnen her gewesen, statt alle Aktivistinnen in der Öffentlichkeit zusammenzutreiben. Jedenfalls wurden fünf dieser Frauen in einer Privatschule drüben in Colegiales entführt. Irgendwie fanden *los militares* heraus, wo sie sich treffen wollten, und haben das Gebäude überfallen. Ihre Verwandten haben vor Gericht eine Klageschrift eingereicht. Sind zu den Zeitungen gegangen. Nichts davon führte zu etwas. Und wenn die Kerle dich in die Finger kriegen, wird es ebenfalls nichts geben, was ich für dich tun kann. Bist du auf irgendwas gestoßen?«

»Ja, auf eine Menge«, antwortete ich und berichtete von unseren Entdeckungen.

»In Ordnung, ich gebe dir vierundzwanzig Stunden«, sagte Carlos, nachdem ich zu Ende gesprochen hatte.

»Wenn du nichts in die Hände bekommst, mit dem wir Soledad finden können, dann ist die ganze Sache vorbei. Kapiert?«

15. Kapitel

Pilar und ich fuhren zu der Autowerkstatt zurück und beobachteten sie von dem Café aus. Wir achteten darauf, nicht zu nahe am Fenster zu sitzen, und ich wusste, dass ich mich besser fühlen würde, sobald wir wieder auf der Straße waren. Auf der anderen Straßenseite gab es überall Anzeichen von Aktivität, und obwohl die Tore der Autowerkstatt geschlossen waren, konnten wir durch die hohen Eisenstangen, die den Parkplatz umgaben, einen Mann sehen, der auf seiner Schulter eine Trittleiter trug. Ein anderer Arbeiter in blauer Latzhose hielt einen ganz neu aussehenden Holzklotz unter seinem Arm, und ihre Wege kreuzten sich mitten auf dem befestigten Hof. Die zwei unterhielten sich einige Augenblicke, und dann verschwanden sie jeweils auf einer anderen Seite des Gebäudekomplexes. Es gab allerdings keinerlei Hinweise auf den Pick-up oder den Ford Falcon oder irgendwelche *militares*.

Ich hatte nicht die Absicht, zu lange an diesem Ort herumzuhängen. Ich sagte zu Pilar, sie solle sich umhören und nachschauen, was man hier machte und was für ein Gebäudekomplex dies war. Und dass sie dabei vorsichtig sein sollte und dass ich sie in spätestens zehn Minuten am Motorrad wiedersehen würde. Rasch ging ich aus dem Café und auf die Straße. Ich bewegte mich nahe an der Wand entlang und dachte darüber nach, was in der vergangenen Nacht bei uns zu Hause passiert war.

Da war ein stattlich aussehender Mann, der aus seinem kleinen Kiosk hervorlugte, wo er Snacks, Erfrischungsgetränke und Zigaretten verkaufte … Dünne Stahlträger verliefen kreuz und quer unterhalb eines Dachs, das einen großen Bereich überspannte, wo ursprünglich ein sehr beeindruckender Gebäudekomplex gewesen sein musste. Ich schätzte, dass es einst einen ganzen Straßenblock eingenommen hatte. Ein kleiner Sandhaufen und eine beträchtliche Anzahl von Holzpaletten, die man sorgfältig aufeinander gestapelt hatte, befanden sich neben einer einzelnen Stahltür auf dem Asphalt, und dahinter stand eine Betonmischmaschine.

Ich kaufte Zigaretten für Pilar und schaute den Verkäufer an, als er mir das Wechselgeld reichte. So beiläufig wie möglich zeigte ich nach hinten zu jenem Bereich und fragte: »Was ist das da eigentlich?«

»Eine Autowerkstatt«, antwortete er.

»*Militares*«, sagte ich. »Nicht wahr?«

Darauf erwiderte er nichts.

»Sieht so aus, als würden sie Renovierungsarbeiten machen.«

Er schaute mich scharf an.

»Muss gut fürs Geschäft sein – jetzt, wo all diese Bauarbeiter hier sind.«

Er sah mich eine ganze Weile an, dann zuckte er mit den Schultern und griff nach einer Zeitung.

Ich wandte mich ab und blieb an der nächsten Ecke stehen. Eigentlich hatte ich nicht viel mehr erwartet. Ich schaute zu den trostlosen gelben Mauern hoch, die im frühmorgendlichen Sonnenschein irgendwie sogar noch grüblerischer wirkten. Vorsichtig glitt mein Blick über die verschlossenen Fenster eines Büros oben. Was also war das hier? Etwa eine Autowerkstatt für Polizeifahrzeuge? Offensichtlich wurde es von den *militares* für irgendeinen Zweck genutzt. Möglicherweise als Stützpunkt. Doch der Komplex musste vor einiger Zeit verlassen oder geschlossen worden sein. Ich glaubte nicht, dass wir viel mehr erfahren würden, indem wir einfach darauf starrten, und ich wollte nicht hier herumhängen für den Fall, dass die Männer zurückkamen und mich wiedererkannten. Also ging ich weiter und wartete bei meinem Motorrad, das ich in einer Nebengasse abgestellt hatte. Ich wünschte, Pilar und ich hätten uns nicht aufgeteilt, und ich fühlte mich ungeschützter als jemals zuvor.

»Mein Gott, wo bist du denn so lange gewesen?«, rief ich, als Pilar eine halbe Stunde später aufkreuzte.

»Sie machen nicht bloß Reparaturarbeiten«, berichtete sie. »Einige Jahre lang ist es für etwas anderes genutzt worden. Sie verwandeln es wieder in das, was es zuvor gewesen war.«

»Es war also früher eine Autowerkstatt?«

»Ja.«

»Und wofür haben sie es benutzt?«

»Ich habe es einfach in einigen dieser Geschäfte da drüben versucht und noch ein paar andere Leute gefragt. Aber niemand weiß etwas. Es sind eine Menge *militares* gewesen, die dort in den vergangenen paar Jahren zumeist nachts hinein und heraus sind. Die Leute in der Gegend haben große Angst, und sie wollen nicht darüber sprechen.«

»In Ordnung, wir sollten besser von hier verschwinden«, sagte ich, während ich ängstlich in alle Richtungen schaute. Wir setzten unsere Helme auf, Pilar packte mich an den Hüften, und wir fuhren auf der Autobahn zu diesem Dorf im Landkreis Tigre zurück.

Der Falcon stand immer noch dort neben dem Flussufer. Inzwischen war er allerdings auf allen Seiten von einer großen Anzahl von Fahrzeugen umgeben, die sich ungleichmäßig rund um den Anlegeplatz drängten, sodass der Falcon ohne Weiteres zu einer der Familien hätte gehören können, die jetzt hier auftauchten. Träge streckten die Leute ihre Beine im frühmorgendlichen Sonnenschein aus.

Die Stadt Tigre, die als größte Zwischenstation zu den vielen verstreuten Inseln im Delta diente, war von hier aus ungefähr fünf Kilometer weiter stromaufwärts. Daher vermutete ich, dass dieses winzige Dorf – das wirklich bloß aus einer geringen Anzahl von Häusern bestand, die entlang der Straße standen – als kleinere Zwischenstation für einige der weiter entfernt liegenden Inseln im Fluss fungierte. Das Dröhnen eines Wassertaxis, das am Ende der Anlegestelle wartete, stieg an und sank dann wieder, während die Wagentüren der samstäglichen Menschenmenge zugeknallt wurden und Familien aus ihren Fahrzeugen zum Vorschein kamen, ihre Taschen entluden und sich rund um das Boot versammelten.

Eine Zeitlang schlenderten wir umher und fühlten uns dabei ein bisschen deplatziert. Unter dem Dach der Alltäglichkeit von alldem hier stand der Ford Falcon und funkelte in der Sonne. Ein Werbeplakat für Bootstouren hing im Türfenster des Cafés, in dessen hinterem Bereich ein Münzfernsprecher war, wo wir die auf dem Aushang angegebene Telefonnummer wählten. Der Bootsführer traf eine halbe Stunde später ein. Ich bat ihn, uns das Delta entlangzufahren, sodass wir einige Häuser sehen könnten. Ich wollte nach irgendwelchen Spuren von jenen Männern Ausschau halten. Der Bootsführer war schlank und sehr braun; er ließ uns durch den breiten, flachen Fluss treiben und brachte uns dann weiter nach draußen. Bald waren wir im Herzen des Deltas, wo der Río Paraná sich in mehrere kleine Flüsse und Meeresarme aufzuteilen begann. Überall waren bewaldete

Inseln von geringer Größe, Bäume und Kletterpflanzen wuchsen wild und unberührt entlang der Flussufer. Zwischen den Pappeln und Palmen gab es kleinere Pensionen, Häuschen, Restaurants und Picknickplätze, und das Kreischen von Kindern und die Klänge von Radios schallten zu uns herüber und verloren sich im ständigen Dröhnen des Bootsmotors.

Wir hielten die Augen auf und überflogen die Inseln nach Anzeichen der Männer. Holzstufen führten zu weiß angestrichenen Anlegestellen, und kleine, gut gepflegte Barkassen hüpften im Fahrwasser unseres Schiffes auf und nieder. Noch eine Weile folgten wir dem braunen, schlammigen Fluss, bis er sich ziemlich unvermittelt öffnete und wir zwischen den Baumwipfeln flüchtig die schwarzen Dächer von herrschaftlichen Wohnsitzen und Sommerhäusern erblickten.

»Siehst du was?«, fragte ich Pilar. »Irgendwelche Anzeichen von den Männern?«

»Nein. Nichts.«

»Sie sind womöglich weiter stromaufwärts«, vermutete ich. »Wenn sie denn überhaupt hier sind.«

»Sie müssen hier sein«, meinte Pilar. »Ihr Auto ist doch noch da.«

Ich drehte mich um. »Sind das alle gewesen?«, brüllte ich über den Motorlärm hinweg. »Sind das alle Häuser hier in der Gegend gewesen?«

Mit einem gleichgültigen Ausdruck sah der Bootsführer mich über das kleine Schiff hinweg an, zerquetschte eine Mücke auf seinem Arm und wischte sie in den Fluss. »Es gibt noch ein paar mehr«, sagte er. »Stromaufwärts. Sie wollen einen Blick darauf werfen?«

Ohne auf eine Antwort von mir zu warten, beschleunigte er das Boot, und wir glitten in einen kleinen Nebenfluss hinein. Es dauerte nicht lange, bis die Häuser, die wir zu Gesicht bekamen, immer baufälliger und verwahrloster wurden. Die Bäume und die übrige Vegetation, die entlang der Inselufer wuchsen, wirkten verwildert, und sehr schnell begann das Delta etwas von seinem Charme zu verlieren –

kein idealer Ort für ein Wochenende mit der Familie. In weniger als ein paar Minuten war der Charme komplett verschwunden, und die Ufer, die sich über den Fluss hinweg anzustarren schienen, verliehen der gesamten Gegend eine gedämpfte, in sich gekehrte Atmosphäre.

»Gibt es hier in der Nähe noch mehr Häuser?«, erkundigte ich mich. »Oder war's das?«

Der Mann zuckte mit den Schultern. »Nur noch ein weiteres«, antwortete er und wandte den Kopf einer Stelle zu, wo der Fluss sich nach rechts bog.

»Ist es bewohnt? Können wir es sehen?«

Eine Zeitlang war nichts zu sehen, und dann erhaschten wir ganz plötzlich einen flüchtigen Blick auf die Umrisse eines Gebäudes, das zwischen den Bäumen versteckt war. Es war so schwach zu erkennen, dass es sich beinahe wieder unserem Sichtfeld entzog, bevor wir es richtig gesehen hatten. Im allerletzten Moment bremste der Bootsführer ab, und mit einem Schwenk fuhren wir näher heran.

»Da ist es«, sagte der Mann.

Pilar und ich reckten die Hälse, um es uns anzuschauen. Weiter am Ufer entlang, und zwar auf der rechten Seite, öffnete sich ziemlich unvermittelt der Fluss. Und dort waren die Ränder eines Rasens zu erkennen, der sich dezent zum Wasser hin absenkte. Allmählich begann der Baumbestand dünner zu werden, und zwischen den hohen Pflanzen wurde ein überraschend großes Haus sichtbar.

Ich wischte mir den Schweiß aus den Augen. Das Haus war beinahe so beeindruckend wie einige der anderen, die wir flussabwärts erblickt hatten. Es war jedoch in einem baufälligen Zustand. Auch sah es älter aus als die anderen. Es war aus einem weißen Stein erbaut worden, den man vor langer Zeit in einem sehr hellen Rosa angestrichen hatte, und zu beiden Seiten der Eingangstür stand eine geradlinige Säule.

Pilar ergriff meinen Arm. »Schau nur«, sagte sie.

Da – an einem abbröckelnden Holzsteg hüpfte ein Boot auf und nieder.

»Stellen Sie den Motor ab!«, befahl ich.

Der Bootsführer runzelte die Stirn, tat dann aber, wie ihm gesagt wurde. Lautlos glitten wir über den kleinen Nebenfluss. Eine Weile wurden wir von der Strömung mitgenommen, und wir trieben die Biegungen der kleinen Insel entlang und um sie herum. Auf der Rückseite schien es einige Schuppen und Nebengebäude zu geben, die so marode und von Vegetation bedeckt waren, dass es schwierig war, zu erkennen, um was es sich dabei handelte. Und als ich genauer hinsah, bemerkte ich, dass die Fenster an der Gebäudeseite alle mit Holzläden fest verschlossen waren. Es gab ein einzelnes Schild zwischen zwei Stangen, die zur Hälfte vom langen Gras und anderen Pflanzen verdeckt waren. *El Silencio* stand auf dem Schild.

»Was hältst du davon?«, fragte Pilar.

»Ich weiß nicht. Nirgendwo anders konnte ich Anzeichen der Männer entdecken. Auf jeder anderen Insel schienen Menschen zu sein. Familien. Das Haus hier sieht wie das letzte aus. Und weshalb sind alle Fenster mit Läden verschlossen? Es sieht verlassen aus, doch jemand muss dort drinnen sein«, schloss ich und schaute zum Boot am Steg.

Ich wandte den Blick unserem Bootsführer zu. Sein Gesicht zeigte weder Neugier noch Besorgnis.

»Gibt es noch irgendwelche weiteren Häuser nach dem hier?«

Er schüttelte den Kopf. »Nicht während der nächsten Meilen.«

»Können wir eine Zeitlang hier Halt machen?«, fragte ich. »Ich würde gerne rasch mal einen Blick darauf werfen.«

Der Bootsführer sah auf seine Uhr. »Vielleicht noch eine Stunde?«, fragte er und machte offenkundig einen desinteressierten Eindruck.

»Aber klar doch«, erwiderte ich.

Ich legte ihm ein paar Banknoten auf die Hand, die er ohne ein Wort zur Faust schloss, und das Geld verschwand. Pilar stimmte mir zu, dass es weniger riskant war, wenn ich allein ging und sie auf dem Boot blieb. Der Mann vertäute es an einer Stelle, die vom Haus aus nicht zu sehen war, und ich sprang ans Ufer. Danach suchte ich mir einen Weg durch die Vegetation. Einen Augenblick lang blieb ich stehen, als ich die Rasenfläche erreichte, die von nichts anderem unterbrochen wurde. Ich legte eine kleine Pause ein und lauschte, und dann schlich ich sehr vorsichtig auf das Haus zu. Geduckt rannte ich in einer geraden Linie hinüber zur Rückseite. Ich schöpfte Atem, und für eine Weile horchte ich nur. Nichts war zu hören. Das Haus stand still und leise zwischen den Bäumen.

Es gab eine kleine Seitentür, und dahinter waren ein paar alte Gartenmöbel, die so aussahen, als ob sie schon eine sehr lange Zeit dort standen, sowie einige Säcke mit Kohlen und Anmachholz, die in einer Kiste lagen. Über der Tür befand sich ein kleines Fenster. Sehr vorsichtig bewegte ich mich weiter auf die Rückseite des Hauses und spähte dann hinein.

Durch das Fenster sah ich eine luftige, jedoch schmutzige Küche. Eine große Zahl von Tellern stand übereinander gestapelt neben dem Spülbecken. Milchig aussehendes Wasser spritzte von einem Abflussrohr herunter. Es herrschte ein Geruch wie von feuchten Lagerhäusern und alten Abfalleimern. Einige weitere Gartenmöbel waren hinten auf ungleichmäßigen Betonplatten wahllos verstreut. Ich starrte noch ein wenig länger durch das Fenster. Hinter der Küche befanden sich ein ausladender, trostlos aussehender Korridor und einige Treppenstufen aus Eichenholz. Weiter weg aus dem Innern des Gebäudes kamen Geräusche: das leise Scheppern von Geschirr, das bewegt wurde, und die Klänge eines Radios. Augenblicklich begann mein Herz zu rasen, und einen Moment lang war ich wie erstarrt.

Also waren hier tatsächlich Menschen. Ich lauschte auf weitere Geräusche. Es gab keine – bis plötzlich tief im Innern des Hauses jemand hustete ... Ich blickte zurück in Richtung des Rasens und schätzte die Strecke, die ich zurücklegen musste. Ich machte mich bereit, sofort wegzurennen. Falls irgendjemand sich entschloss, jetzt nach draußen zu gehen oder aus dem Fenster zu schauen, wie sollte ich dann erklären, was ich hier machte?

Ich schaute wieder ins Innere und hörte fast im selben Augenblick Schritte auf den Stufen. Rasch duckte ich mich und ging neben der Wand in die Hocke. Absolut lautlos und still wartete ich und starrte hinüber zur Rasenfläche. Ich horchte und fragte mich dabei, was da drinnen wohl ablief. Weshalb war das ganze Gebäude zugenagelt, wenn es doch Menschen gab, die hier drin lebten? Das ergab überhaupt keinen Sinn. Es gab Geräusche von Geschirr, das im Spülbecken bewegt wurde. Ich drückte mich wieder hoch und spähte sehr vorsichtig durchs Fenster in die Küche.

Jetzt stand ein Mann an der Spüle. Er war groß und hatte kurzes braunes Haar, das am Hinterkopf ein wenig dünner wurde. Ich kannte ihn nicht. Die Ärmel seines Hemdes hatte er aufgerollt, sodass hagere Armmuskeln sichtbar waren. Ich beobachtete ihn so lange, wie ich es wagen konnte, wobei ich bereit war, mich jeden Augenblick zu ducken. Verzweifelt schaute ich nach irgendwelchen Anzeichen von Soledad. Nach einem Kleidungsstück. Irgendetwas. Doch es gab keine Spur von ihr.

Ich wusste nicht, was ich aus dieser Sache machen sollte. Es könnten *militares* sein. Aber es gab keine Möglichkeit, das mit Sicherheit herauszufinden. Und ich wollte nicht darüber nachdenken, was sie mir antun würden, falls sie es wirklich waren und sie mich hier draußen erwischten. Das Einzige, was ich tun konnte, war, zurückzugehen und an einem sicheren Ort herauszufinden, was als Nächstes getan werden sollte. Ich duckte mich und wartete, bis ich Schritte hörte, die langsam wieder verschwanden. Dann drehte ich mich um und rannte schnurstracks zurück zum Boot.

16. Kapitel

Wieder zurück im Dorf, rief ich Carlos von dem Münzfernsprecher im Café aus an und bat ihn, so viel wie möglich über dieses Haus in Erfahrung zu bringen. Wir entschieden, es in der Zwischenzeit noch einmal in dem Café an der Plaza Serrano zu versuchen. Und so stieg ich auf mein Motorrad, und wir fuhren dorthin zurück. Wir setzten uns hin und bestellten jeweils einen Kaffee.

»Sergio«, sagte ich nur.

Die Kellnerin blickte sofort argwöhnisch.

»Ich will bloß ein paar Dinge in Erfahrung bringen, das ist alles«, fügte ich hinzu und legte einen Hunderter auf den Tisch.

Sie nahm ihn, ohne ein Wort dazu zu sagen, und wartete ab.

»Sie wissen, was mit ihm passiert ist?«

»Ja, ich habe gestern davon gehört«, antwortete sie und schaute auf Pilar. »Ein Verkehrsunfall.«

Ich nickte. »Kommen wir also zurück zu jenem Tag. Würden Sie uns bitte alles erzählen, woran Sie sich erinnern? Er hat Unterricht gegeben. Und dann ist eine Frau hereingekommen. Eine Ausländerin, ja?«

Sie nickte.

»Gibt es irgendwas Spezielleres über diese Frau zu sagen?«

»Ich dachte, sie ist möglicherweise Amerikanerin, doch ich war mir nicht sicher.«

»In Ordnung. Und ich erinnere mich, dass Sie gesagt haben, die Frau und Sergio hätten laut miteinander gestritten. Haben Sie gehört, worüber?«

»Nein, tut mir leid.«

»Okay. Und dann haben sie gemeinsam das Café verlassen.«

»Ja.«

»Haben Sie die beiden vielleicht ein weiteres Mal gesehen?«

»Also … ja. Ich habe sie gesehen. Ich habe sie noch einmal gesehen.«

»Das haben Sie mir ja gar nicht erzählt!«, rief Pilar verärgert.

»Na ja, ich war gestern ziemlich beschäftigt, als Sie hereinkamen. Ich habe nicht die Zeit, mich daran zu erinnern, was all unsere Gäste den lieben langen Tag machen, nicht wahr?«

»Sie haben also seitdem darüber nachgedacht?«

»Ja.« Sie wartete ab.

Ich griff in meine Tasche und legte einen weiteren Hunderter auf den Tisch. Der Schein verschwand in ihrer Tasche.

»Fahren Sie fort.«

»Nun, Sergio vergaß irgendwas und kam etwa zwanzig Minuten später deswegen zurück. Und ich konnte sehen, wie die Frau draußen wartete.«

»Weswegen ist er zurückgekommen?«

»Ich bin mir nicht sicher. Unterlagen. Ein paar Mappen. Etwas in der Art.« Sie hielt inne, schaute mich an. »Aber der Punkt ist, dass sie nicht mehr hier waren. Verstehen Sie? Ich hatte sie auf dem Stuhl gefunden an diesem einzelnen Tisch …«

Ich erwiderte ihren Blick, schaute sie ununterbrochen an, während die Gedanken in meinem Kopf rasten. »Sie haben sie dem Mädchen gegeben. Dem Mädchen, dem er Unterricht gegeben hat. Soledad?«, fragte ich mit Nachdruck.

»Das stimmt. Hab ich da etwas falsch gemacht? Ich fragte sie, wann sie Sergio wiedersehen würde, und sie sagte, am Montag. Er hätte versprochen, dann ihren Unterricht fortzusetzen. Ich dachte, es wäre besser, ihr die Unterlagen zu geben, um sie an Sergio weiterzureichen. Nun, ich wollte nicht das Risiko eingehen, dass sie verloren gingen. Die ganze Zeit kommen Leute hier bei uns herein, und Sachen gehen dort hinten verloren. Ich wusste, dass Sergio, wenn er die Unterlagen haben wollte, das Mädchen anrufen konnte oder er die Unterlagen holen würde. Also gab ich sie ihr einfach.«

»Und sie war schon weggegangen, als er zurückkam?«

»Ja.«

Eine Weile sagte ich nichts. »Was für einen Eindruck machte er«, fragte ich schließlich, »als er feststellte, dass die Mappen nicht mehr hier waren?«

»Er war wütend. Verärgert, als ich es ihm erzählte. Doch dann beruhigte er sich ein bisschen. Er wusste ja, dass sie in Sicherheit waren.«

»Und dann ist er weggegangen?«

»Ja. Er ist mit dieser Frau fortgegangen. Das war das letzte Mal, dass ich die beiden sah.«

17. Kapitel

»Genau dahinter waren die Kerle her, als sie zu eurem Haus zurückkehrten«, sagte ich, als wir das Café verließen. »Soledad musste ihnen erzählt haben, dass die Sachen, die sie aus dem Café mitgenommen hatte, immer noch in ihrem Haus waren.«

Doch Pilar gab darauf keine Antwort. Sie sah sehr nachdenklich aus. Sie wartete darauf, dass ich auf das Motorrad stieg, und dann fuhren wir schweigend zu unserem neuen Zuhause zurück. Dort angekommen, sauste Pilar schnurstracks die Treppe hoch, dann kam sie mit Soledads Tasche zurück und reichte sie mir.

»O mein Gott, natürlich«, sagte ich. Stürmisch kippte ich den Inhalt auf den Tisch und griff nach Soledads Englisch-Ordner.

»Ich hätte schon gestern all das über sie herausfinden sollen«, sagte Pilar.

»Es war nicht dein Fehler. Gestern wussten wir nicht, was diese einzelnen Dinge zu bedeuten hatten. Es hätte alles Mögliche sein können, und die Kellnerin hat uns hingehalten. Sie wusste wahrscheinlich, dass wir etwas Bestimmtes vorhatten, und hoffte, dass wir zurückkommen würden.«

Ich durchsuchte rasch den Inhalt von Soledads Handtasche. Meine Hände zitterten. Es könnte immer noch hier bei ihren Sachen sein. Und da: Hinten in ihrem Englisch-Ordner – zufällig versteckt zwischen den Fotokopien und größeren Teilen eines Textes sowie weiteren Unterlagen – lag eine blaue Faltmappe.

»Ich hatte es die ganze Zeit«, sagte Pilar. »Und ich habe es noch nicht einmal gewusst.«

Ich holte das erste Blatt heraus, stand auf und legte es auf den Tisch. Dann griff ich in die Mappe und nahm einen weiteren großen Papierbogen heraus. Beide waren dünn und bläulich und fühlten sich etwas glatt an. Der Gedanke, dass Soledad sie mit sich herumgetragen hatte, ohne zu wissen, wie bedeutsam das alles war, raubte mir den letzten Nerv. Keines der Blätter war unterzeichnet oder wies irgendwelche Anhaltspunkte auf, woher sie kamen.

»Sie sehen aus … Ich weiß nicht. Wie Architektenzeichnungen von irgendwas. Aber von was nur?«

»Was auch immer sie sind, Soledad hat es noch nicht einmal gewusst«, erwiderte ich und warf einen genaueren Blick darauf. »Ich glaube, es handelt sich um zwei Sammlungen von Zeichnungen desselben Gebäudes. Allerdings mit einigen Unterschieden«, fügte ich schließlich stirnrunzelnd hinzu. »Das sieht so aus, als ob es das ursprüngliche Gebäude zeigen würde – dieser älter wirkende Plan hier –, und der andere Entwurf, der neuere, hat ein paar Bearbeitungen.«

Pilar berührte die Blätter an den Ecken und nickte, dann nahm sie die Hand weg und rieb instinktiv mit den Fingerspitzen über ihre Jeans. »Also das ist der Grund, warum sie hinter Soledad her waren? Sie suchten nach diesen … Plänen. Aber weshalb?«

Wir drehten uns beide um, weil wir hörten, dass die Eingangstür geöffnet wurde. Carlos kam hereingeschlendert und blickte auf die Pläne, die jetzt nebeneinander auf dem Tisch lagen. Er machte sich ein Sandwich, anschließend stellte er sich hinter mich und spähte über meine Schulter.

»*Militares*«, sagte er fast sofort mit vollem Mund und zeigte auf die neuere Zeichnung. Wir schauten genauer hin. In einem großen freien Rechteck hatte jemand mit einer verschnörkelten Handschrift *Casino de oficiales* geschrieben. Offiziersmesse.

Eine Zeitlang starrten wir alle drei darauf. Dann brachte ich die Blätter ins Wohnzimmer und breitete sie Seite an Seite auf dem Fußboden aus. Auf jedem Plan wurden die Stockwerke nebeneinander gezeigt. Zuerst der Keller, dann das Erdgeschoss und anschließend die erste Etage.

»Das ist zweimal dasselbe Gebäude«, stellte ich fest. »Der ältere Plan zeigt es, wie es früher war, und der andere, neuere – der mit der Offiziersmesse – gibt wieder, wie das Gebäude nach der Veränderung aussieht, vermute ich.«

Während ich mir die Zeichnungen immer und immer wieder anschaute, begann sich ein Gedanke in meinem Kopf festzusetzen. Ich prüfte und überprüfte nochmals die Pläne und wurde mir immer sicherer, dass ich auf der richtigen Spur war. »Pilar«, sagte ich mit Nachdruck. »Schau auf diese ältere Zeichnung. Ich denke, es ist die Autowerkstatt, zu der wir dem Pick-up gefolgt sind … Schau dir den Grundriss an – er sieht genauso aus wie das, was wir dort vor Augen hatten, glaubst du nicht auch? Und sie führen dort definitiv eine Menge Bauarbeiten durch. Ich habe das deutliche Gefühl, dass wir hier eine Verbindung herstellen können.«

»Bist du sicher?« Pilar runzelte die Stirn.

»Da ist ganz oben das L – der Bereich hinten, der leer war. Und dann schau dir das an: Das ist die Stelle, wo das große Eingangstor vorne ist. Aber guck dir diese Spalten an«, sagte ich und wies auf das ältere Blatt. »Sie sind hier und noch mal hier. Aber wenn du dir das auf der neueren Zeichnung anschaust, dann sehen diese Räume kleiner aus, nicht? Als ob Teile davon … ich weiß nicht … abgetrennt oder abgerissen worden sind oder so.«

Wir beide studierten es ein wenig länger. Das Kellergeschoss auf dem neueren Plan wies einen großen zentralen Korridor auf, in dessen Mitte etliche Säulen waren, gleichmäßig über den ganzen Boden verteilt. Die linke Seite des Kellergeschosses war in viele kleinere Räume unterteilt worden, deren Zweck unklar blieb, da sie nicht gekennzeichnet waren. Wenn man ungefähr zwei Drittel des zentralen Korridors entlanggegangen war, traf man auf einen schmalen Gang, an den sich unmittelbar ein weiterer größerer Raum anschloss, neben dem es eine Dusche und ein WC gab. Dahinter war ein weiterer eng begrenzter Korridor, der zu einem kleinen Zimmer führte, das mit der Aufschrift *enfermería* (Lazarett) versehen war. Direkt daneben war ein länglich geformter Raum, den man gleichfalls gekennzeichnet hatte: *laboratorio fotografía*. Fotolabor.

Wenn das noch nicht merkwürdig genug war … Entsprechend diesem Plan gab es allem Anschein nach einen Aufzug, der vom Keller ins Erdgeschoss führte, ebenso wie eine einzelne Treppe, über die man in einen kleinen Raum und dann in die Offiziersmesse gelangte. Es sah so aus, als wäre die Messe von außen durch zwei sehr große Türen zugänglich, und dahinter gab es einen Aufenthaltsraum sowie ein paar Schlafsäle und Duschen. Der L-förmige Raum im Obergeschoss wurde indessen eindeutig für irgendwelche Verwaltungstätigkeiten verwendet. Der ursprüngliche, ältere Plan wirkte irgendwie weitaus unverfänglicher. Aber es war ganz klar dasselbe Gebäude.

»Es wird im Augenblick wieder in eine Autowerkstatt zurückverwandelt«, sagte ich schließlich. »Aber *los militares* haben dieses Gebäude eine ganze Weile offensichtlich für irgendetwas anderes benutzt. Und niemand, mit dem du geredet hast, hat gewusst, wozu es verwendet wurde, oder?«

Pilar schüttelte den Kopf.

Das Kellergeschoss auf dem älteren Plan sah viel schmaler aus. Und die Säulen, die auf der anderen Zeichnung in der Mitte des Gangs standen, befanden sich jetzt fast vollständig auf der linken Seite des Kellers, sodass sie beinahe die Wände berührten. Dementsprechend waren die kleineren Räume einfach nicht mehr da. Und anstelle eines Aufzugs und einer Treppenflucht, die beide zum Erdgeschoss führten, gab es jetzt lediglich eine Treppe, und der gesamte Parterrebereich war ein einziger, großer offener Raum.

»Ich denke, du hast recht. Es ist wirklich die Autowerkstatt«, flüsterte Pilar. »Du glaubst also, die Bauhandwerker folgen dem alten Plan und verwandeln den Komplex in der Weise zurück, wie er einst war? Und das hier sind Kopien der Zeichnungen?«

»Sieht so aus. Sie schienen es eilig zu haben. Für einen Samstagmorgen waren dort eine Menge Leute. Jedenfalls zu viele, um uns dort umzuschauen.«

»Aber weshalb? Was ist hier so dringend? Was bedeutet das alles?«

»Ich habe keine Ahnung …«

»Also, wenn sie es zurückverwandeln - was ist es dann gewesen?«, fragte Pilar. »Wofür haben sie das Gebäude benutzt? Für etwas … ich weiß nicht … Für etwas Wichtiges. Fotolabor. Offiziersmesse. Das kapiere ich nicht.«

»Ich auch nicht«, gestand ich. »Und warum sind sie in solcher Eile, und was ist so bedeutsam an diesen Plänen? Was auch immer es bedeuten mag, Soledad steckt wirklich in großen Schwierigkeiten. Und wir ebenso.

Wenn diese Zeichnungen der Grund sind, weshalb sie Soledad wollten, und wenn sie wissen, dass wir sie jetzt haben, dann sind wir erledigt. Sie werden uns zur Strecke bringen und uns töten. Und das Schlimmste an der Sache ist: Soledad hatte keine Ahnung, dass sie etwas Wichtiges mit sich führte. Es gibt keinerlei Anzeichen dafür, dass sie die Mappe überhaupt ein einziges Mal geöffnet hat. Ist einfach mit den Plänen nach Hause gegangen, die sie hinten in ihrem Aktenordner weggesteckt hatte. Sie muss den Kerlen das bereits erzählt haben, aber allem Anschein nach macht es für die keinen Unterschied. Sie halten sie immer noch gefangen. Daher hatte Soledad auch keine Ahnung, was die Männer von ihr wollten, als ich mich mit ihr in dem Buchgeschäft unterhielt, und das ist der Grund, weshalb die Kerle zu eurem Haus zurückgekehrt sind. Sie suchten nach ihren Aktenordnern.«

»O Gott, wenn ich diese Sachen doch nur auf dem Tisch gelassen hätte, wo Soledad sie hingelegt hatte. Das ist alles, was die Kerle wollten. Sie wollten bloß diese Unterlagen.«

»Ich glaube nicht, dass es einen Unterschied gemacht hätte. Sie hatten keine Ahnung, ob sie die Pläne gesehen hatte oder auch nur wusste, um was es sich dabei handelte. Aber jemand muss das Café überwacht haben, muss Sergio überwacht haben. Oder diese andere Frau. Sie sind den beiden dann bis nach Chacarita gefolgt.«

»Und jetzt haben wir die Pläne«, sagte Carlos.

Ich schaute auf. Er war so still gewesen, dass ich seine Anwesenheit ganz vergessen hatte. »Wir könnten sie einfach aushändigen. Einen Deal machen. Was denkst du?«, fragte ich und blickte ihn an.

»Das würde nichts nützen«, meinte er. »Du kannst diese Typen nicht auf diese Weise unter Druck setzen.

Sie werden Soledad auf der Stelle umbringen, wenn sie erfahren, dass sie nicht weiß, wo sich die Zeichnungen sonst befinden könnten. Es sieht so aus, dass sie Sergio wegen der Pläne getötet haben. Die Kerle werden euch ebenfalls umbringen, jetzt, wo ihr sie gesehen habt. Es ist denen egal, dass wir noch nicht mal wissen, was das alles bedeutet.«

»Aber wenn wir es doch nur wüssten«, sagte ich hilflos. »Wenn wir wüssten, weshalb sie sich solche Umstände machen, dann könnten wir das möglicherweise irgendwie nutzen.« Ich hielt inne. »Wir müssen diese Frau finden – die, mit der Sergio in dem Café war. Aber wo sollen wir anfangen? Wir wissen nicht, wer sie ist! Wir müssen mit dem beginnen, was wir wissen. Sie ist also eine Ausländerin, womöglich eine Amerikanerin. Sie kennt Sergio. Das wäre dann erst mal alles.«

»Das Krankenhaus?«, sagte Pilar.

Carlos nickte. »Einen Versuch ist es wert. Ihr wisst, in welchem Sergio war?«

»Wir werden es herausfinden müssen«, erwiderte ich.

Mit großer Behutsamkeit legte ich die Zeichnungen weg, verließ das Wohnzimmer und steckte sie wieder in die Plastikmappe. Doch ich konnte mich nicht dazu überwinden, die Mappe sofort zu schließen. Einen Moment lang verspürte ich das vollkommen irrationale Verlangen, beide Pläne wieder herauszunehmen und sie zu verbrennen. Doch stattdessen schloss ich zu guter Letzt die Mappe, und diesmal brachte ich sie ins Wohnzimmer, wo ich sie weit unten in einem Stapel alter und uralt aussehender Zeitschriften und Zeitungen versteckte.

18. Kapitel

Es gab zwei größere Krankenhäuser in der Nähe der Stelle, wo Sergio seinen Unfall gehabt hatte. Das erste war nur einige Blocks vom Friedhof entfernt, und zwar in der Avenida Warnes. Dort teilte man uns mit, dass ein Patient mit ernsthaften Verletzungen zu einem anderen, viel größeren Krankenhaus in der Calle Tronador gebracht worden war. Dort angekommen, fragten wir am Empfang nach. Doch der Arzt, der Sergio behandelt hatte, sollte erst in ein paar Stunden wieder mit der Arbeit beginnen. Wir warteten, bis seine Schicht anfing, und anschließend warteten wir noch eine halbe Stunde länger, bis er uns kurz aufsuchen konnte. Er war Ende zwanzig und schaute uns fragend an, als er den belebten Empfangsbereich durchquerte und dann vor uns die Arme verschränkte.

»Ja. Ein junger Mann. Sie beide haben ihn demnach gekannt?«

»Wir sind Freunde von ihm gewesen«, antwortete Pilar. »Wir haben gehört, dass eine Frau mit ihm hier hereingekommen ist. Wir wissen nicht, wer sie ist, doch die Familie möchte sich bei ihr bedanken, dass sie bei ihm gewesen ist, als … nun ja, als er verschied.«

»Ich würde Ihnen ja gerne helfen«, sagte der Arzt, »aber sie ist nicht allzu lange geblieben, tut mir leid. Wenn ich mich recht entsinne, blieb sie lange genug, um bei ihm zu sein, als er in den Operationssaal gebracht wurde, aber sie war nicht mehr hier, als wir mit ihm herauskamen.«

»Sie haben ihren Namen nicht in Ihren Unterlagen?«

»Nein. Tut mir leid. Den Lastwagen haben sie nicht gefunden, oder doch?«, fragte er mit einem hoffnungsvollen Unterton.

Ich schüttelte den Kopf.

»Verdammte Schweine!«, fluchte der Arzt unvermittelt. »Er war im Krankenwagen noch am Leben. Der Friedhof … Er ist praktisch direkt um die Ecke. Daher glaubten wir, er könnte noch eine Chance haben. Wir haben für ihn getan, was wir konnten, doch es war zu spät.«

»Und die Frau?«, hakte ich eindringlich nach. »Sie war eine Ausländerin. Das haben wir jedenfalls gehört. Haben Sie mit ihr geredet?«

Er nickte. »Sie hat nicht wirklich viel gesagt. Aber Sie haben recht, dass sie einen Akzent hatte. Einen sehr leichten. Ich fragte sie, von wo sie sei, um sie zu beruhigen. Sie hat am ganzen Körper gezittert. Offensichtlich hatte sie einen Schock erlitten, und ich bat sie hierzubleiben. Obendrein hatte sie eine Schnittwunde am Bein. Um ein Haar hätte der Lastwagen auch sie erwischt. Wie dem auch sei, wir hatten den Ausweis des jungen Mannes. Und so riefen wir seine Familie an.«

»Aber sie war verschwunden, bevor die Familienangehörigen eintrafen?«

»Ja.«

»Und die Polizei ebenfalls.«

»Nun, ja doch.« Er sah mich scharf an. »Hören Sie mal, wer genau sind Sie?«, wollte er wissen.

»Wir versuchen bloß, sie zu finden«, erklärte Pilar. »Es ist wichtig. Es geht um meine Schwester. Meine Schwester ist verschwunden.«

»Ihre Schwester?«

»Wir denken, ihr Verschwinden könnte in einem Zusammenhang mit Sergio stehen«, antwortete ich und ging nun ein Risiko ein. »Dass sein Tod kein Unfall gewesen sein könnte. Wir glauben, er könnte absichtlich überfahren worden sein.«

»*Militares*«, sagte er leise.

»Ja«, bestätigte Pilar.

Er schüttelte den Kopf, und mit einem Mal war er wütend. Er schaute uns an, und dann fasste er einen Entschluss: Plötzlich führte er uns aus dem Empfangsbereich heraus und einen Korridor entlang.

»Sie sollten besser vorsichtig sein«, riet er. »Auch die Polizei wollte alles über die Frau in Erfahrung bringen, die bei Sergio war. Ebenso die *militares.* Kurze Zeit danach kamen sie hierher. Ich konnte ihnen nicht helfen, doch selbst wenn ich es gekonnt hätte – warum sollte ich? Sie hatte so große Angst. Ich glaube, sie musste jedes Quäntchen Mut aufbringen, das sie besaß, um mit ihm im Krankenwagen herzukommen … Ich fragte sie, was sich zugetragen hatte, und sie antwortete, sie wäre sicher, dass der Lastwagen über den Bordstein gefahren war.«

»Und Sergio absichtlich umgefahren hat?«

»Ja. Ich erzählte das der Polizei. Aber es schien sie nicht zu interessieren. Sie waren weitaus mehr daran interessiert, zu erfahren, wer diese Frau war.«

»Sie war inzwischen also verschwunden. Vielleicht, weil sie der Polizei aus dem Weg gehen wollte?«

»Das ist möglich«, stimmte der Arzt zu. »Während wir uns unterhalten haben, hat sie die ganze Zeit in beiden Richtungen den Korridor entlanggeschaut. Vielleicht hielt sie Ausschau nach Polizisten. Wir wussten, dass sie jeden Augenblick hier sein würden. Und dann kamen sie durch die Tür, und zwar dort drüben aus dem Korridor. Sie sah vollkommen entsetzt aus. Ich sagte ihr, dass sie bleiben sollte, wo sie gerade war, und ging zu den Polizisten und erklärte ihnen, dies wäre ein Krankenhaus und sie sollten weniger Lärm machen. Nicht, dass diese Worte irgendwas verändert hätten. Jedenfalls sagte ich dann der Frau, dass sie weggehen könnte, wenn sie nicht mit denen sprechen wollte. Da drüben gibt es noch einen anderen Weg nach draußen. Er führt direkt die Treppe hinunter.«

»Und sie hat diesen Weg genommen?«

»Ja …«

»Hat sie Ihnen noch etwas anderes erzählt?«

»Sie glauben, sie könnte dabei helfen, Ihre Schwester zu finden?«, fragte er und blickte dabei Pilar an.

Sie nickte grimmig.

Er seufzte. »Geht klar dann. Aber Sie haben all das nicht von mir gehört. Haben Sie das verstanden?«

Wir nickten beide.

»Also, sie gab mir weder eine Telefonnummer noch einen Namen. Aber sie erzählte, dass sie in New York gearbeitet hatte, bevor sie hierher zurückgekommen war, und dass sie inzwischen wünschte, sie wäre niemals zurückgekehrt. Ich kann nicht behaupten, dass ich ihr deswegen etwas vorwerfe. Es gab hier einen Job, und sie nahm ihn an. Aber sie hätte die Nase voll und würde jetzt zurückgehen. Und sie war sicher, dass sie zu Hause einen neuen Job finden würde.«

»Einen Job – wo denn?«

»Bei einer anderen Zeitung«, antwortete er.

19. Kapitel

»Die *Bugle* ist die Zeitung, bei der Sergio arbeitete, und sie ist auf Englisch«, sagte ich, als wir das Krankenhaus verließen. »Er hat jedenfalls ein paar Sachen für sie gemacht. Ich schätze, dass er und diese Frau sich da getroffen haben. Wir werden dorthin gehen müssen und zusehen, ob wir sie ausfindig machen können.«

In einem Zeitschriftenkiosk, der weiter die Straße hinunter war, kauften wir eine Ausgabe dieser Zeitung und entdeckten auf einer der letzten Seiten die Anschrift. Aber bevor wir in Richtung Stadtzentrum zurückfuhren, hielt ich vor einer Telefonzelle an, um Carlos anzurufen.

»Also, du liegst komplett falsch, was diese Insel anbelangt«, sagte Carlos, bevor ich ihm erzählen konnte, was wir im Krankenhaus erfahren hatten. »Dort gibt es keine *militares*.«

»Woher weißt du das?«

»Ich habe Marcus dort rausgeschickt, und er hat sich umgehört. Und die Insel gehört der Kirche.«

»Der Kirche?«

»Genau. Sie ist so eine Art Ort für die innere Einkehr von Geistlichen. Wie ein Ferienhaus oder so was. So jemanden musst du gesehen haben, als du auf dem Anwesen gewesen bist. Bloß einen Priester. Der ganze Bereich ist für Priester oder Mönche, die dort sind, wenn sie eine Ruhepause brauchen. Ist es schon immer gewesen. Bloß ein Ort für alte Fürze. Ich habe gerade das Telefongespräch mit Marcus beendet, und er schaut sich ein wenig dort um. Aber diskret. *Los militares* suchen nicht nach ihm, also hat er womöglich mehr Glück als du.«

Enttäuscht legte ich den Telefonhörer auf und teilte Pilar mit, was Carlos mir erzählt hatte.

»Es war sowieso eine weit hergeholte Vermutung. Sie könnten überall im Tigre-Gebiet sein. Aber vielleicht haben wir ja mehr Glück bei der Zeitung«, merkte ich an, bevor ich den Motor anwarf und wir uns in den Verkehr einfädelten.

Die Büros der *Bugle* befanden sich in einem Gebäude mit weißer Fassade, das am Fuß der kleinen Anhöhe gelegen war, die unterhalb der Plaza de Mayo und des Präsidentenpalastes endete. Der Empfangsbereich war hell erleuchtet und wirkte kühl mit dem großen schwarzen Sofa vor einem Tisch und mit den Sitzplätzen, die von makellosen Topfpflanzen umzingelt waren.

Wir setzten uns hin und warteten, bis ein Mann Mitte zwanzig die Treppe zu uns hinuntergehüpft kam und sich dabei das Haar glättete. Er war schlank und sah schmächtig aus, und er beobachtete uns mit einem gleichgültigen Gesichtsausdruck, während er sich über die Marmorfliesen des Fußbodens näherte.

»Sie sind … Sie sind Freunde von Sergio?«, fragte er in einem perfekten, akzentfreien Spanisch. »Sie haben vorhin angerufen, nicht wahr? Sie wissen doch, was ihm passiert ist, oder?«

»Dass er einen Unfall hatte. Ja, das wissen wir. Doch es gibt jemanden, mit dem wir sprechen müssen. Eine Frau hier bei der Zeitung, die ihn kannte. Eine Amerikanerin wahrscheinlich.«

»Es tut mir leid, aber mir ist nicht wirklich klar, was wir für Sie tun können. Worüber wollen Sie denn mit ihr sprechen?«

»Sie kennen die Person, von der ich rede, nicht wahr?«

Er trat ein paar Schritte zurück und warf uns beiden einen vorwurfsvollen Blick zu. »Hören Sie, Sie hätten wirklich einen Termin vereinbaren sollen«, sagte er und zeigte auf die Empfangsdame. Er hob die Hände, sodass wir die Innenflächen sehen konnten. Dann drehte er sich um und schritt auf die Treppe zu.

»Warten Sie bitte nur einen Augenblick!«, rief ich auf Englisch.

Der Journalist drehte sich um und wartete am Fuß der Treppe. Er sah amüsiert aus.

Es war schon ziemlich lange her, dass ich das letzte Mal Englisch gesprochen hatte, aber es schien recht schnell zu mir zurückzukehren. »Sagen Sie Ihrem Herausgeber da oben, dass ich wissen will, was genau jemand von seiner Zeitung in Chacarita gemacht hat.«

»Chacarita. Der Friedhof?« Der Journalist schaute mich an, als wäre ich verrückt geworden.

»Ja. An dem Tag, als Sergio starb.«

»Hören Sie, ich –»

»Halten Sie den Mund!«, fiel ich ihm ins Wort. »Sagen Sie ihm, dass ich wissen will, weshalb eine Mitarbeiterin von ihm den Eindruck hatte, es wäre eine gute Idee, Sergio den ganzen Weg bis ins Zentrum des Friedhofs zu schleppen, sodass er in dem Augenblick, als er zu den Toren hinausging, ermordet werden konnte. Besagte Mitarbeiterin ist eine Amerikanerin. Eine im Ausland lebende Person, ist in den Vierzigern, arbeitet für die Zeitung. Und sagen Sie ihr, dass wegen ihr die Schwester dieser jungen Frau hier von einer Gruppe bewaffneter Männer gefangen genommen wurde und wir nicht wissen, wo sie ist.«

Der Journalist öffnete den Mund und schloss ihn sogleich wieder mit einem feuchten Schnalzlaut. Dann verschwand er nach oben, und wir warteten erneut. Ein paar Augenblicke später tauchte er wieder oben an der Treppe auf und forderte uns mit einem verdutzten Gesichtsausdruck auf, ihm zur Nachrichtenredaktion zu folgen.

»Sieht so aus, als hätten wir recht gehabt«, sagte ich zu Pilar, als wir an einer Handvoll Männer und Frauen vorbeigingen, die sich gegenübersaßen und eifrig über irgendwelchen Unterlagen brüteten.

Am Kopfende eines Tisches war eine große Frau, die ein paar Seiten hochhob. Sie stand auf, als sie uns erblickte. Ohne ein Wort zu sagen, führte sie uns an einer großen Zahl hoher grauer Aktenschränke und leerer Schreibtische vorbei zu einem kleinen Büro mit Glasfront, das sich am anderen Ende des Raumes der Nachrichtenredaktion befand.

Die Herausgeberin der *Buenos Aires Bugle* war überraschend jung. Noch nicht einmal dreißig. Sie stellte sich selbst als Amelia Chapman vor und bat uns zu warten. Ich musterte sie. Ihre weiße Bluse schien zu groß für ihren Hals zu sein, so als hätte sie plötzlich beträchtlich an Gewicht verloren, und ihre schlanken Hände ragten ebenfalls aus den Ärmelbündchen heraus ... Beinahe augenblicklich klopfte eine andere Frau an die Tür, und Chapman winkte sie direkt herein. Die Frau starrte Pilar und mich mit forschendem Blick an und strich ihren Rock glatt, bevor sie sich auf einem Stuhl niederließ.

Ihr Name war Luciana Maidana. Sie hatte ein einfaches, ovales Gesicht und lange schwarze Haare, die an den Ansätzen grau wurden. Maidana bemühte sich, einen etwas unkonventionellen Ausdruck zur Schau zu tragen, doch ihre Augen waren sehr wachsam und angespannt. Wie Chapman wirkte sie zerbrechlich und hatte einen erwartungsvollen Blick, und ich spürte in mir einen Hauch von Mitleid für die beiden. Sie sahen überarbeitet und sogar irgendwie traumatisiert aus, wie zwei Angehörige eines Patienten, die im Wartezimmer eines Krankenhauses saßen und auf eine gute Nachricht hofften. Pilar jedoch empfand nicht das Gleiche wie ich. Sie starrte die beiden Frauen auf der anderen Seite des Tisches mit einem harten Blick an. Ihre Augen hatten sich verengt, und ich erkannte den entschlossenen Ausdruck darin nur zu gut wieder. So behutsam, wie ich mich nur traute, streckte ich die Hand zu ihr aus und legte sie sanft auf ihren Arm. Pilar schüttelte sie ab, was ich halb erwartet hatte.

»Wer sind Sie?«, wollte Maidana wissen. »Was wissen Sie über Sergio? Unten haben Sie etwas über jemanden gesagt, der entführt worden ist. Sie beide haben dort unten im Empfangsbereich über Chacarita gesprochen, nicht wahr?«

»Meine Schwester«, antwortete Pilar mit kalter Stimme. »Soledad. Soledad Fernandez. Sie waren das, nicht wahr? Sie sind diejenige, die Sergio nach Chacarita mitgenommen hat.«

Maidana sog scharf die Luft ein und schien eine Erwiderung geben zu wollen, doch im allerletzten Augenblick verkniff sie es sich. Sie starrte verzweifelt zu Chapman und dann zu mir.

Ich legte eine klitzekleine Pause ein, um ihre Reaktion abzuschätzen. »Sergio starb bei einem Unfall mit Fahrerflucht, kaum dass er die Tore des Friedhofs verlassen hatte. Und Sie sind diejenige, die ihn dorthin gebracht hatte«, erklärte ich. »Es stimmt doch - Sie sind es, die ihn dorthin brachte, nicht wahr? Sie wurden anschließend gesehen, wie Sie bei dem Verunglückten standen, und Sie sind zum Krankenhaus mitgefahren und dort rasch verschwunden, als *los militares* gekommen sind. Das bedeutet, dass Sie wissen, was die da auf dem Friedhof machen. Wir wissen, dass Sie zu diesen alten Feuerungsanlagen gingen, die offiziell nicht mehr genutzt werden. Ich vermute, dass tagsüber dort unten nicht viel los ist. Aber wahrscheinlich gibt es da immer noch genug zu sehen. Genug, um eine recht gute Vorstellung davon zu bekommen, wofür diese Öfen während der Nacht verwendet werden. Ich habe recht, nicht wahr?«

Sie stand so schnell auf, dass der Stuhl klappernd auf den Boden fiel. Chapman sah ebenfalls vollkommen fassungslos aus. Automatisch - und als wäre sie irgendwie ganz benommen - beugte sie sich nach unten und hob den Stuhl auf, während uns Maidana über den Tisch hinweg wütend anstarrte.

»Hören Sie«, gab sie zur Antwort, »ich weiß nicht, wer Sie sind, und ich werde kein weiteres Wort sagen, bis Sie mir ganz genau erklären, was Sie hier machen und was Sie wollen. Woher kennen Sie ihn? Sind Sie Freunde von ihm? Hat seine Familie Sie geschickt?«

Ich richtete lange meinen Blick auf sie. Die Kellnerin hatte recht gehabt. Im Unterschied zu Chapman war Maidanas Akzent nur ein ganz kleines bisschen herauszuhören.

Chapman starrte sie mitfühlend an. »Ich glaube, wir sollten sie besser ausreden lassen, Luciana«, sagte sie. »Wir haben kaum eine Wahl.«

Maidana sah sie mit zunehmender Fassungslosigkeit an und setzte sich dann widerwillig hin. Ich glaube, dass sie schon damals die Wahrheit zu fühlen vermochte. Und sie kniff ihre Augen beinahe so zusammen, als würde sie in die Ferne schauen und die Konsequenzen dessen wahrnehmen, was sie angerichtet hatte, indem sie ihrem Anliegen nachgegangen war.

»Wie haben Sie all das erfahren?«, fragte Chapman argwöhnisch.

»Ihre Kollegin hier und Sergio waren nicht die Einzigen, die verfolgt wurden, als sie das Café verließen«, antwortete ich.

Maidanas Augen huschten zu Pilar, und dann kam ihr plötzlich eine Erkenntnis. Sie starrte sie ein wenig länger an, und ihre Miene veränderte sich schlagartig zu einem Ausdruck heftigen Schocks.

»Da war ein Mädchen«, sagte Maidana schnell. »Ein hübsches Mädchen. Und als wir wegen der Unterlagen zurückkamen, war sie bereits fort. Sie ... Also ist sie ebenfalls verschwunden, und das ist der Grund, weshalb Sie hier sind, nicht wahr? Man hat sie auch gefangen genommen, oder?« Maidana war zusehends blasser geworden. »Sergio sagte, die Kellnerin hätte die Unterlagen einer seiner Schülerinnen gegeben. Aber das wusste ich nicht. Ich wusste nicht, dass man sie ebenfalls verfolgt hatte.«

»Das war meine Schwester«, erklärte Pilar, die Maidana geradewegs anschaute. »Sie nahm die Unterlagen mit sich nach Hause und wurde am nächsten Tag entführt. Wir wissen nicht, wo sie ist. Wir wissen noch nicht einmal, ob sie noch am Leben ist. Sie haben sie in all das hineingezogen, und es ist gut möglich, dass sie jetzt bereits tot ist – nur wegen Ihnen.«

»Was geht hier eigentlich vor?«, verlangte ich zu wissen. »Was steht in diesen Unterlagen? *Los militares* führen eindeutig etwas im Schilde. Es sieht so aus, als ob sie einen Gebäudekomplex in der Nähe von Rivadavia umbauen. Ihn wieder in eine Autowerkstatt oder so was Ähnliches zurückverwandeln. Aber wir wissen nicht, was hierbei das Problem ist.«

»Sie haben sie bei sich?«, erkundigte sich Chapman.

»Sie sind zu Hause.«

Chapman wirkte erleichtert. Dann starrte sie ein paar Momente lang in den Raum der Nachrichtenredaktion hinein. Sie hielt inne, als ob sie sich nicht sicher war, wo sie anfangen sollte. Und allem Anschein nach konnte sie Pilar nicht in die Augen sehen.

»Kommen Sie. Sie schulden uns, verdammt noch mal, eine Erklärung, und das wissen Sie«, sagte ich. »Was ist passiert? Was sind das für Unterlagen? Welche Bedeutung haben sie?«

Chapman lehnte sich auf ihrem Stuhl zurück. Sie sah aus, als wäre sie gewillt, etwas zu sagen, doch als sie die neben ihr sitzende Maidana anschaute, schien sie es sich noch einmal zu überlegen. »Luciana«, sagte sie in einem sanften Tonfall, »ich glaube, es ist besser, wenn du uns für eine Weile allein lässt. In Ordnung?«

Maidana stand sehr langsam auf. Sie ging am Schreibtisch vorbei und sah dabei aus, als wollte sie Pilar etwas mitteilen. Doch als sie bemerkte, dass Pilar sie zornig anstarrte, schlich sie klugerweise an ihrem Stuhl vorbei und zur Tür hinaus, die sie hinter sich schloss.

Chapman schaute ihr zu und wartete dann kurz. »Es verschwinden hier Menschen«, sagte sie schließlich, während sie ihren Blick wieder uns beiden zuwandte. »Selbstverständlich wissen Sie das. Aber wie viele es sind, wissen wir nicht. Wir werden es nicht erfahren, solange dies alles nicht vorbei ist. Es sind mehr, als Sie sich möglicherweise vorstellen können. Aber die Leute werden es immer noch nicht glauben, weil sie dem nicht ins Auge blicken wollen. Und die Presse teilt es ihnen nicht mit, sodass sie … nun ja, sodass sie es nicht in irgendeinen Kontext stellen können. Und Sergio …«, sie hielt einen Moment inne, »Sergio wusste es auch. Wir zählten auf ihn. Wir sind diejenigen, die über das Verschwinden von Leuten berichten«, hob sie hervor. »Die einzige Zeitung, die das tut.«

»Aber ist sie denn nicht nur eine Zeitung für Auswanderer?«

Chapman sah nicht im Geringsten beleidigt aus. »Sie wären überrascht, wenn Sie mehr über unsere Leser erfahren würden«, erwiderte sie. »Die Leute, die unsere Zeitung lesen, sind häufig sehr einflussreich. Botschaftspersonal. Es ist manchmal die einzige Möglichkeit, damit Nachrichten über das, was geschehen ist, ins Ausland gelangen. Schauen Sie, haben Sie in den anderen Zeitungen jemals etwas über *La Junta* gelesen, das auch nur im Entferntesten kritisch gewesen ist?« Sie hielt inne und schaute ein wenig misstrauisch zum Bürofenster hinaus. »Und was die sogenannten Staatsfeinde anbelangt«, meinte sie sarkastisch, »da haben wir sie in der Defensive. Der Krieg ist vorüber, beinahe vorüber. Haben Sie es noch nicht erfahren? Aber Leute verschwinden. Und sobald eine dieser Personen verschwunden ist, dann ist es, als hätte sie überhaupt niemals existiert.«

»Verschwinden?«, hakte Pilar nach.

»Häufig werden diese Menschen von der Militärpolizei oder von Soldaten in der Öffentlichkeit vor aller Augen entführt. Und wenn wir versuchen, sie zu finden, gibt es keine Spur von ihnen. Noch nicht einmal einen Bericht darüber, dass sie gefangen genommen wurden. Nichts. Wir haben sogar versucht, einen *Habeas Corpus*-Antrag einzureichen. Es hat bislang nicht funktioniert.« Als sie meinen verwirrten Gesichtsausdruck sah, erklärte sie: »Ein Rechtsanwalt reicht so etwas für die vermisste Person bei der Staatsanwaltschaft ein. Offiziell bedeutet es, dass die gefangen genommene Person vor einen Richter oder vor ein ordentliches Gericht gebracht werden muss, um die Rechtmäßigkeit der Verhaftung zu überprüfen. Aber nichts dergleichen hat etwas genützt.«

»Also berichten Sie darüber? Hier in der *Bugle*. Wenn es passiert.«

»Ja. Wenn wir es können.«

»Aber was ist mit meiner Schwester?«, fragte Pilar. »Wissen Sie, was mit ihr passiert ist?«

»Hören Sie, ich weiß es nicht. Es tut mir leid. Es ist das erste Mal, dass ich davon erfahre. Aber leider … Nun, es tut mir leid, Ihnen zu sagen, dass es so aussieht, als könnte sie durch einen Fehler in all das verwickelt worden sein. Es könnte gut sein, dass man sie deshalb verhaftet hat.« Sie seufzte schwer. »Hören Sie, lassen Sie es mich erklären. Das Problem ist, dass wir bei solchen Fällen niemals einen Beweis haben. Niemals einen wirklichen Beweis dafür, was sie all diesen Leuten angetan haben. Wir haben nie erfahren, wohin sie gebracht wurden.« Chapman schloss kurz die Augen, dann öffnete sie sie wieder.

»Aber jetzt wissen Sie es? Sie haben einen Beweis erhalten, oder?«, fragte ich vorsichtig. »Sie wissen, was mit all diesen Menschen passiert ist … Genau das ist es, worum es bei alldem geht. Sie haben einen Beweis dafür gefunden, nicht wahr?«

»Ja«, antwortete sie leise, »wir haben einen.«

20. Kapitel

Chapmans Worte verfolgten mich, als ich von meinem Motorrad stieg und wir auf das Haus zugingen. Pilar hatte kein einziges Wort mehr gesagt, während wir dort gesessen und der Herausgeberin zugehört hatten. Und sie war anschließend einfach hinausgelaufen, als Chapman ihre Ausführungen beendet hatte.

Sie hatte mir ihre Telefonnummer gegeben, damit wir ihre Botschaftskontakte verwenden könnten, falls wir sie benötigen sollten. Ich fühlte den Zettel in meiner Tasche.

Ich öffnete die Tür, und Pilar trat vor mir ein. Sie ging mit staksenden Schritten an Carlos vorbei, ohne ein Wort zu sagen oder ihm einen Blick zu gönnen, und dann geradewegs zu ihrem Zimmer hoch. Carlos wirkte verletzt. Eine Weile starrte er das Geländer hoch und zum Treppenabsatz, und danach schaute er mich an, bevor er mir durch die Diele folgte.

»Was ist los?«, fragte er. »Ist sie okay?«

»Nein, das glaube ich nicht.«

»Aber was ist passiert? Und was ist mit Soledad geschehen? Ist sie …«

»Sie lebt, solange wir nichts Gegenteiliges erfahren«, unterbrach ich ihn rasch. »Doch es ist so, wie wir gedacht haben. Soledad ist vollkommen unschuldig. Aber jetzt werden sie sie nicht mehr gehen lassen.«

Carlos wartete auf eine Erklärung. »Aber warum? Was ist passiert?«

Ich zögerte, dann sagte ich: »Diese Pläne. Gibt es irgendeinen Ort, wo du sie absolut sicher aufbewahren kannst?«

»Klar doch«, antwortete Carlos. »Aber was stellen sie dar?«

»Sie sind Beweise«, erwiderte ich. »Beweise dafür, was mit all diesen Leuten geschehen ist.«

»Was für Leute, Guillermo?«, fragte er gereizt.

»Die Leute, die verschwinden.«

Einen Augenblick schaute ich Carlos an, während ich das Problem vor mir überprüfte und vorsichtig die Chancen abwog. Allein, es gab so gut wie keine. »Du weißt doch, wie man mit einem Motorboot klarkommt, oder? Das hast du doch schon einmal mit Marcus hingekriegt, oder nicht?«

»Da ist nichts dabei«, antwortete er. Seine Augen verengten sich. »Moment mal! Wenn du jetzt allerdings an diese Insel denkst, liegst du vollkommen falsch. Ich hab es dir doch gesagt. Sie gehört überhaupt nicht *los militares*. Und es ist auch schlichtweg unmöglich, dass Soledad oder irgendjemand anders dort festgehalten wird. Es handelt sich um irgend so einen Rückzugsort, wie ich es dir gesagt habe. Für Priester.«

»Aber wer besitzt diese Insel?«, wollte ich wissen. »Welche Kirche genau?«

Carlos schüttelte sich eine Zigarette aus seiner Packung. »Sie gehört zu irgendeinem Kloster oder so drüben an der Olleros«, sagte er. »Na und?«

»Du kennst es?«

»Ja«, antwortete Carlos. »Es gibt eine Kirche drüben in Cañitas. Und zwar eine große»

»In Ordnung«, sagte ich. »Wir müssen auf der Stelle dorthin fahren.«

21. Kapitel

Pilar war zu aufgeregt, um uns zu begleiten, also ließen wir sie oben in ihrem Zimmer zurück. Diesmal fuhr Carlos uns mit dem Wagen nach Cañitas, einem ruhigen, wohlhabenden Viertel in der Nähe des Polo-Spielfelds. Ich informierte ihn darüber, was Chapman uns erzählt hatte, während wir unterwegs waren.

»Also, *los militares* haben eine Gruppe von Ermittlern aus den Vereinigten Staaten eingeladen«, sagte Carlos mit zunehmender Fassungslosigkeit. »Hierher nach Argentinien, um Nachforschungen anzustellen. Und genau darum geht es bei alldem hier. Inspektoren von der Organisation …«

»Der Organisation Amerikanischer Staaten, nach Aussage von Chapman«, stellte ich klar und blickte nach draußen. »Die Junta hat sie hierher eingeladen, um den Amerikanern zu zeigen, dass all diese Berichte, die sie gehört oder gelesen haben – über das Verschwinden von Menschen und all die Menschenrechtsverletzungen - falsch sind.«

Wir parkten den Wagen und stiegen aus. Augenblicklich kam wie aus dem Nichts ein alter Mann, der ein Tuch in der Hand hielt, und Carlos gab ihm Geld, damit er auf das Auto aufpasste. Rasch schritten wir nach unten auf die Kirche zu. Sie stand auf halber Höhe auf einem der wenigen Hügel in der gesamten Stadt und ragte über die Bäume empor, die zu beiden Seiten die Straße säumten.

»Und erinnerst du dich an diese protestierenden Frauen, von denen du mir erzählt hast und die entführt wurden?«, fragte ich. »Die *madres* von der Plaza de Mayo?«

»Diese verrückten Frauen vom Platz?«

»Ja, genau die. Also, die Inspektoren hatten beabsichtigt, sie als eine der ersten Gruppen zu interviewen. Aber bevor sie das konnten, entführten *los militares* am helllichten Tag fünf dieser Frauen in einer Schule. Zwei Personen gelang es zu fliehen. Nach Auskunft von Chapman handelte es sich dabei um einen Mann, der ihnen half, und eine Frau.«

»Einen Mann?«

»Nun ja, eine Menge von Verwandten haben sich der Gruppe seit ihren Anfängen angeschlossen. Das sind nicht alles Frauen. Und sie gingen geradewegs zu Chapman, um Bericht zu erstatten. Dann kam noch jemand anders sie besuchen. Chapman schlief tief und fest in ihrem Bett, als die Türklingel läutete. Sie machte die Tür auf, und da stand ein Mann, den sie nie zuvor gesehen hatte. Er hatte entsetzliche Angst, und ihm war förmlich schlecht wegen irgendeiner Sache, und er brauchte eine Weile, um sich zu beruhigen. Aber zu guter Letzt kommt dieser Bursche mit der Sache raus, und er behauptet, er wisse etwas Wichtiges. Er will Chapman zeigen, wo diese Frauen festgehalten werden. Damit sie für ihn darüber in der Zeitung berichten kann. Aber Chapman weigerte sich.«

»Das ist vielleicht eine Journalistin!«

»Nein. Chapman wusste eins: Würde sie auf der Stelle darüber berichten, würden die Frauen entweder sofort verlegt oder hingerichtet. Sie hatte eine bessere Idee. Sie sagte, dass die Mitglieder der Gruppe warten sollten.«

»Warten? Auf was warten?«

»Sie sollten auf die Ankunft der Interviewer warten«, antwortete ich. »Auf diese Ermittler aus dem Ausland. Und es ihnen dann zeigen. Es wäre der Beweis, den die Interviewer brauchten, damit sie nicht mit leeren Händen nach Hause gehen. Und wenn die Inspektoren tatsächlich die gefangenen Frauen zu Gesicht bekämen … sähen, wo sie festgehalten werden, dann würden *los militares* möglicherweise gezwungen sein, zu handeln und die Inhaftierten freizulassen. Somit hätte dieses Vorgehen auch ihr Leben retten können.« Ich hielt kurz inne. »Doch das Problem war: Wie sollten sie die Ermittler davon wissen lassen? Man würde sie überwachen von dem Moment an, wenn sie aus dem Flugzeug stiegen. Wie also sollten sie den Inspektoren zeigen, wo die Gefangenen waren? Und Chapman wird verfolgt, wohin auch immer sie geht. Und Gleiches gilt für ihre Familie. Und dieser Mann durfte natürlich nicht sein Gesicht zeigen.«

»Moment mal«, sagte Carlos und hob die Hand. »Woher wusste Chapman, dass sie ihm trauen konnte? Woher wusste sie, dass es sich nicht einfach um eine Falle handelte?«

»Ich komme gleich darauf«, versprach ich. Wir hatten bereits die Türen der Kirche erreicht und spähten hinein. Der Gottesdienst am Samstagabend schien ziemlich beliebt zu sein. Kurz schaute ich auf meine Uhr – es war nach sechs - und danach auf die im Eingang angebrachte Liste mit den Zeiten für die Heiligen Messen.

»Nach Aussage dieses Mannes waren alle fünf Frauen zuerst zu einem Ort gebracht worden, den *los militares* ein Gefängnis-Assessment-Center nennen. Es gibt keinerlei Aufzeichnungen über ihre Festnahme und darüber, wohin sie gebracht wurden. Sie sind einfach eine Zeitlang festgehalten worden, und zwar in einer Art von … ich weiß nicht … einer Art von Vorhölle. Das jedenfalls sagt Chapman. Und man verbindet ihnen dort die Augen und foltert sie, manchmal monatelang. Und das ist der Ort, wo sie bleiben, bis *los militares* mit ihnen fertig sind. Danach beseitigen sie sie.«

»Also dorthin wurden diese fünf Frauen gebracht?«

»Ja«, bekräftigte ich. »Nun, zu Anfang waren sie dort. Allem Anschein nach«, ich schaute Carlos jetzt prüfend ins Gesicht, »gibt es diese Assessment-Bereiche überall. Direkt vor unserer Nase. Sie sind unterhalb von Geschäften, Wohnhäusern, Regierungsgebäuden, alten Lagerhallen und Hochschulen. Hinter den geschlossenen Türen von Turnhallen und Autowerkstätten«, hob ich hervor. »Diese Orte sind überall in der Stadt. Aber wir wissen nicht von ihnen. Das sind die Orte, wohin Dissidenten gebracht werden, wenn sie verschwinden. Und all diese Bauwerke sind verändert worden, sodass man es von außen nicht erkennen kann. Von außen sehen sie wie jedes andere Gebäude in der Gegend aus.«

»Verfluchte Scheiße, du verarschst mich jetzt, oder?«, sagte Carlos.

Ich schüttelte den Kopf.

»Was zum Teufel tun wir hier also?«, fragte Carlos ungeduldig. »In einer Kirche?«

Ich schaute genauer hin. Beinahe außerhalb meiner Sicht standen zwei Priester zusammen – sie waren an der Seite des Gotteshauses nahe den Türen hölzerner Beichtstühle – und sprachen in gedämpftem Ton miteinander. Einer von ihnen zeigte zum rückseitigen Bereich, und der andere hob die Hände nach oben und zuckte mit den Schultern. Ich schaute zum Älteren der beiden. Mit verhaltener Panik wies er auf die zum Gottesdienst versammelte Gemeinde.

»Was ist da los?«, sagte ich. »Die Messe sollte inzwischen längst angefangen haben.«

»Was soll's?«, entgegnete Carlos. »Wen kümmert das? Komm schon, Guillermo, weshalb sind wir den ganzen Weg hierher gefahren? Wer geht an einem Samstag überhaupt in die Kirche?«

Ich trat weiter in das hell erleuchtete Innere des Gotteshauses hinein und schaute genauer hin. Der jüngere der beiden Priester hörte sehr aufmerksam zu und nickte. Er legte sich die Hand ans Gesicht und fuhr sich anschließend mit all seinen Fingern sehr schnell durchs Haar. Während ich auf die zwei schaute, begann sich tief unten in meinem Magen ein Gefühl des Unbehagens auszubreiten und nach oben zu steigen.

»Etwas stimmt nicht«, sagte ich.

»Herrgott noch mal, Guillermo, wieso zeigst du nicht ausnahmsweise einmal ein kleines bisschen Initiative?« Carlos blickte prüfend in alle Richtungen. Und als er die Gewissheit hatte, dass die Luft rein war, marschierte er, ohne ein weiteres Wort zu sagen, geradewegs das Seitenschiff entlang. Und mit dem ihm eigenen Übermaß an plumper Aufdringlichkeit platzte er einfach in das Gespräch der beiden hinein und unterhielt sich eine Weile mit ihnen. Dann hob er gebieterisch eine Hand, unterbrach einen der Priester mitten im Satz und ging anschließend fort.

Seine Miene wirkte grimmig, als er wieder zu mir trat. »Einer ihrer Kollegen ist nicht aufgekreuzt. Er sollte den Gottesdienst halten, aber sie wissen nicht, wo er ist. Sie haben gerade versucht, an seine Tür zu klopfen, aber niemand hat was gesagt oder sie geöffnet. Sie ist verschlossen, was hier fast beispiellos ist.«

»O nein«, entfuhr es mir, und ich spürte, dass ich noch nervöser wurde.

»Nun, die Sache wird noch schlimmer. Einer von ihnen hat heute am späten Nachmittag etwas gehört. Zu jener Zeit haben sie sich nicht viel dabei gedacht, aber jetzt sind sie sich nicht sicher, ob es doch etwas zu bedeuten hatte.«

»Was gehört?«

»Laute Geräusche, die aus dem Zimmer des Kollegen kamen. Doch als einer von ihnen anklopfte und fragte, ob alles bei ihm in Ordnung sei, antwortete er, dass es ihm gut ginge. Behauptete, er hätte ein Regal umgeworfen. Dann sagte er dem anderen, er solle weggehen. Und obendrein in einem ziemlich groben Tonfall. Ich habe gerade angeboten, dass wir helfen und schauen, ob wir die Tür öffnen können.« Carlos schaute mich sehr genau an. »Aus diesem Grund sind wir doch hier, nicht wahr? Wegen des Mannes, der Chapman besuchen kam. Sie hat ihm ohne jeglichen Zweifel vertraut und ihn in ihr Haus gelassen.«

Ich nickte.

»Sie hat ihm vertraut, weil er ein Priester war«, sagte Carlos schlussendlich. »Nun, ich fasse es einfach nicht!«

22. Kapitel

Ein rundlicher, nervös aussehender Mann tauchte plötzlich im Abendlicht auf und dankte uns. Er ging schnell weiter, und wir folgten ihm. Dann traten wir durch ein kleines schwarzes Tor, das in der Kirchenwand eingebaut war. Anschließend standen wir mitten in einer kleinen Klosteranlage. Ohne ein Wort führte uns der Mann direkt über den Rasen und danach über einen Steinfußboden. Wir stiegen eine steile Treppe hoch. Entlang der weißen Wände gab es eine Vielzahl von Türen, und vor der letzten am Ende des Korridors blieben wir stehen.

»Vielleicht ist ja irgendwas Dringendes dazwischengekommen«, sagte ich, als wir vor dem Zimmer innehielten. »Und er musste irgendwohin gehen.«

»Nein«, entgegnete der Priester mit Nachdruck. »Er hätte in dem Fall etwas gesagt oder eine Nachricht hinterlassen.« Er klopfte leise an die Tür. Als niemand darauf reagierte, lehnte er sich dagegen und lauschte. »Pater«, sagte er. »Pater Escudero.« Er schaute uns beide an und schüttelte mit einer raschen Bewegung den Kopf. »Sind Sie da drin? Geht es Ihnen gut?«

Carlos streckte den Arm aus und schlug mit der Faust laut gegen die Tür. »Hey!«, brüllte er. »Sind Sie da drin? Los, öffnen Sie uns!« Er wartete. »Nichts«, sagte er. »Also, was sollen wir für Sie machen? Wollen Sie, dass wir die Tür aufbrechen?«

Der Priester entschied, es noch ein letztes Mal zu versuchen. Er drehte den Griff, drückte mit seinen schmalen Schultern ziemlich schwach gegen die Tür und gab ein tiefes, kraftloses Ächzen von sich. Carlos verdrehte hinter dem Rücken des Mannes die Augen. Der Priester zögerte noch einen weiteren Moment, dann zeigte er auf die Tür und nickte entschlossen.

»Geht zur Seite, ihr beiden«, warnte Carlos.

Er drückte behutsam gegen die Tür, um genauer abzuschätzen, wo sie verriegelt war. Dann trat er einen Schritt zurück, sodass sein Rücken an der Wand lehnte. Er nahm alle Kraft zusammen und verpasste dann der Tür einen festen Tritt. Er trat laut ächzend ein weiteres Mal dagegen, sodass sie mit einem splitternden, zerbrechenden Geräusch plötzlich aufschwang und mit einem gewaltigen Knall gegen die Wand prallte.

Für einen Augenblick standen wir alle drei an der Schwelle des kleinen Zimmers. Der Priester keuchte. Bücher waren auf den Boden geworfen worden und lagen verstreut herum. Ein Bücherregal hing von der Wand herab, ein Haufen kleiner Stücke von abgeplatztem Verputz lag auf dem Fußboden. Carlos blickte hinab und schaute dann zu mir, und mit einer Geste, die beinahe komisch war, hielt er sich mit zwei Fingern die Nase zu und zeigte auf die Tüte, die in den Mund des Geistlichen gestopft worden war.

Die Tüte war von einer wohlbekannten Supermarktkette. Ich konnte den Rand von einem Abschnitt der Verpackung sehen, von dem ich wusste, was darauf abgedruckt war: drei rote Tomaten, die sich unterhalb eines grünen Logos befanden, über dem sich ein Berg erhob, der von der Sonne eingerahmt wurde. Doch ich konnte das Ganze nicht erfassen. Ich starrte weiterhin auf die Tüte, und danach richtete ich ganz langsam den Blick über den Mund hinaus. Der Priester kniete bereits neben dem Leichnam, griff nach der Tüte und zog sie dem Toten aus dem Mund. Carlos packte mich am Arm und begann, mich fortzuzerren. Doch ich stand noch einen Augenblick wie gelähmt da.

Es hatte sich eine Menge Blut um den Nasenrücken herum angesammelt, als ob er wie eine Walnuss zerdrückt worden wäre. Als ich den Anblick in mich aufnahm, begann ich zu begreifen, was sie diesem Mann angetan hatten. Wahrscheinlich waren sie zu zweit gewesen. Einer von ihnen musste den Geistlichen festgehalten haben, während der andere ihm die Tüte tief in den Mund gesteckt hatte, sodass ihm die Kehle zugestopft wurde. Dann hatte man ihn so hart an der Nase gepackt, dass sie entlang des Rückens brach. Folglich war der Priester an billigem Plastik und an seinem eigenen Blut erstickt. Ich kam wieder zu mir und wurde mir ganz plötzlich erneut bewusst, wo ich mich befand. Carlos riss diesmal härter an meinem Arm, und schließlich drehte ich mich weg. Wir ließen die Kirche hinter uns und rannten zu unserem Wagen.

23. Kapitel

Carlos fuhr anfangs schnell, dann verlangsamte er das Tempo, sobald wir fernab vom Tatort und wieder mitten im Verkehr waren.

»Aber warum?«, fragte er. »Warum sollten sie einen Priester töten?«

»Weil er wusste, wo sie waren, und weil er Chapman aufgesucht hatte. Sie müssen das herausgefunden haben.«

»Wusste, wer wo war?«, hakte Carlos verärgert nach.

»Die fünf Frauen«, antwortete ich. »Die fünf Mitglieder der *Madres de la Plaza de Mayo*. Er hatte Beweise dafür, dass sie verlegt worden waren. Und er hatte handfeste Beweise dafür, dass die *militares* geplant hatten, diese Inspektoren zu täuschen, sobald sie ankamen. Sie wurden zuerst in einem dieser Arrestzentren festgehalten, von denen ich dir erzählt habe.«

Carlos kam vor einer Ampel zum Stehen und wandte mir das Gesicht zu.

»Der Priester hat Chapman erzählt, dass die Frauen zunächst in einer Autowerkstatt in Velez festgehalten wurden. Und diese Menschenrechtskommission hatte irgendwie die Information erhalten, dass dies eines jener Arrestzentren war, und sie hatten beabsichtigt, es zu inspizieren. Und ich habe es gesehen. Es ist ein altes Depot für Polizeifahrzeuge, und genau so sieht es auch von außen aus. Sie haben dort einen ganzen Haufen Bauarbeiter, und die verwandeln den Komplex in seinen ursprünglichen Zustand zurück, um jeglichen Hinweis zu beseitigen, dass dort jemand festgehalten wurde - bevor die Inspektoren dorthin kommen können. Alle Gefangenen, die dort gewesen waren, hat man entweder hingerichtet oder verlegt. Aus der Stadt transportiert. Einschließlich dieser Frauen.«

»Also ist es bloß ein weiterer ihrer schmutzigen Tricks. Und daher glaubst du, dass sie auf diese Insel verlegt worden sind, nicht wahr?«, fragte Carlos rasch. »Und die Insel gehört der Kirche. Somit arbeitet die Kirche ...«, er sprach mit zunehmender Entrüstung, »die ganze Zeit Hand in Hand mit *los militares*. Ich kann es nicht glauben.«

Ich hielt inne, um nachzudenken. »Es sieht so aus. Die Kirchenleute haben sich nicht gerade offen über all die Menschen geäußert, die verschwunden sind, oder? Und sie sind die ganze Zeit für die Junta gewesen. Ich behaupte nicht, dass jeder in der Kirche davon weiß, doch es müssen Anweisungen von oben gekommen sein. Vielleicht war diesem Priester befohlen worden, auf der Insel auszuhelfen, alles da draußen für die Ankunft der Gefangenen einzurichten. Was auch immer er sah, hat ihn so entsetzt, dass er deswegen etwas unternommen hat. Er muss diese Pläne irgendwie gestohlen und später Chapman aufgesucht haben«, führte ich mit leiser Stimme aus. »Es gab keinen anderen, an den er sich wenden konnte.«

Carlos fuhr los, als die Ampel auf Grün sprang. Es wurde bereits dunkel.

»An dieser Stelle ist Sergio ins Spiel gekommen. Chapman wusste, dass Sergio die Junta hasste. Sein Cousin war vor Jahren verschwunden und als Leiche am Hafenufer von Puerto Negro angeschwemmt worden.«

Wir fuhren langsamer, als wir den Cabildo erreichten. »Also schickte sie Maidana, eine andere Journalistin, um ihn zu treffen. Chapman konnte nicht selbst gehen, weil man ihr überallhin folgte. Daher schickte sie jemanden von der Kulturredaktion, an der die *militares* kein Interesse hatten.«

»Also schickte sie diese Maidana zu dem Café, um ihm die Beweise zu geben?«

»Richtig. Sie erzählte ihm von den Plänen. Sagte, dass er sie den Inspektoren geben sollte. Und er sollte ihnen diesen Ort auf dem Friedhof zeigen, weil das ebenfalls ein Beweis war.«

»Chapman hatte Gerüchte gehört und die Sache selbst nachgeprüft. Es gibt menschliche Überreste in diesen Öfen. Aber Sergio wollte nichts davon hören. Das war der Grund, weshalb sie sich stritten. Und so folgte Maidana ihm nach draußen und holte ihn auf halber Strecke auf der Straße ein. Sie erklärte, er müsse mit ihr kommen. Sie sagte, er solle an seinen Cousin denken und dass sie es ihm jetzt sofort zeigen müsse. Es verlangte ihr einiges ab, und es war nicht einfach. Und sie brauchte gut zwanzig Minuten, bis sie ihn dazu überreden konnte, in ein Taxi zu steigen und mit ihr zu fahren. Dann erinnerte sie sich an die Unterlagen.«

»Sie hatte sie liegen lassen«, sagte Carlos ausdruckslos.

»Ja.«

»Blöde Schlampe!«, schimpfte er.

»Na ja, das kann schon mal passieren. Die Sachen waren so schnell aus der Hand gegeben worden, und Sergio war gerade davonmarschiert, und so musste sie hinter ihm her hetzen. Aber als sie zurückkehrte, war Soledad bereits mit den Unterlagen fortgegangen. Das arme Mädchen hatte ja keine Ahnung, in was für Schwierigkeiten diese freundliche Geste sie bringen würde. Maidana glaubte nicht, dass man sie beschattet hatte.

Weshalb sollte sie auch? Sie berichtet für den *Bugle* doch nur über die Kulturszene. Aber die eine Gruppe musste ihnen zum Friedhof gefolgt sein und die andere Soledad beschattet haben. Das wäre genug. Was als Nächstes geschah … Nun, wir wissen ja schon, was danach passierte.«

Carlos nickte, während er all das gedanklich in sich aufnahm. »All diese Bemühungen nur für ein paar Gebäudepläne?«

»Es geht um den Zeitpunkt. Du hast es selbst gesagt. Für *los militares* ist es bald vorbei, und das wissen sie. Diese Ermittlung der Amerikaner gibt ihnen den Rest – und dazu braucht es nicht viel. Die Ermittler haben angekündigt, dass sie Leute interviewen und nach Beweismaterial suchen werden – echtes Beweismaterial für das, was sich hier ereignet hat. Und dann nehmen sie es mit nach Hause und erstellen einen vollständigen Bericht. Die Pläne belegen, dass es eine Vertuschungsaktion gegeben hat. Sie belegen, dass diese Arrestzentren tatsächlich existieren. Ich weiß, es sind bloß Pläne – Pläne von einem Gebäude. Aber sie beweisen, dass das Militär versucht hat, diese Sache zu vertuschen. Und es ist das erste Mal, dass jemand handfeste Beweise für irgendetwas hat.«

Wir fuhren noch eine Weile schweigend weiter, während Carlos eine Zigarette wegqualmte.

»Was jetzt?«, fragte er.

»Wir müssen dorthin fahren. Wir müssen nach Tigre zurückkehren. Und das auf der Stelle.«

Carlos nickte, als ob er damit gerechnet hätte. »Dir ist hoffentlich eines klar«, sagte er. »Es ist gut möglich, dass sie alle bereits tot sind und Soledad noch nicht einmal dort ist.«

»Ja«, antwortete ich, »das ist mir klar.«

24. Kapitel

Carlos hielt Einkehr in einem Café am Cabildo, wo es einen Münzfernsprecher gab, und rief zu Hause an. Ungeduldig beobachtete ich ihn durch das Fenster, als er ins Telefon sprach, das er sich unters Kinn geklemmt hatte. Dann verließ er das Café, und wir fuhren zurück nach Hause.

In einem Augenblick der Rührung, was recht merkwürdig für Carlos war, hielt er Pilar auf Armlänge an den Schultern und schaute sie an, als würde er sich fragen, ob sie das alles wert war. Anschließend verschwand er ohne ein Wort nach oben.

»Was ist passiert?«, fragte Pilar. »Marcus ist gerade erst hier angekommen und dann sofort wieder in seinem Wagen davongerast, als das Telefon geklingelt hat. Wollte sich über Boote in Tigre erkundigen.«

»Du hast ihm diese Telefonnummer gegeben?«

»Ich habe ihm gesagt, sie hängt im Fenster von diesem Café.«

Ich wartete einen Moment und informierte sie über die letzten Ereignisse.

»Soledad könnte also immer noch mit den anderen da auf dieser Insel sein, falls sie überhaupt jemals dort war?«, fragte Pilar leise.

»Ja«, antwortete ich.

Carlos kam die Stufen hinuntergesprungen, er trug seine schwarze Lederjacke und eine kleine Tasche. Ohne ein Wort zu sagen, folgten wir ihm zum Auto. Er fuhr sehr schnell, und innerhalb einer halben Stunde waren wir wieder in dem kleinen Dorf. Carlos parkte neben dem Wagen von Marcus in der Nähe eines kleinen Cafés.

Zwischen all den Fahrzeugen, die an der Straßenseite standen, entdeckten wir keine Spur von dem Ford Falcon. Das war ein gutes Zeichen, und wir warteten alle drei eine Weile, bis endlich Marcus weiter oben auf der Straße auftauchte. Er winkte uns zu, damit wir ihm folgten, und er führte uns an der Straßenseite entlang und danach das grasbewachsene Flussufer hinunter.

Wir blickten zum Wasser. Der Bootsführer saß sehr still und leise neben dem Motor. Er schien überhaupt nicht verwundert zu sein, uns zu sehen. Marcus sprang an Bord und nahm neben ihm Platz. Dann zog der Bootsführer an der Schnur des Motors, wir alle stiegen ein und fuhren ab und glitten über das Wasser.

Pilar und ich schauten zu, wie – begleitet vom ständigen, beinahe beruhigenden Dröhnen des Motors – erst die Anlegestelle, dann die Fahrzeuge und schließlich das Café langsam von der Finsternis verschlungen wurden. Die Lichter der großen Häuser auf der Insel strahlten in die Dunkelheit hinein. Ihr Schein wurde von der Wasseroberfläche reflektiert, während das Boot rasch über den Fluss glitt. Aus einem der Gärten auf den Rückseiten der Gebäude war deutlich Gelächter und Musik zu vernehmen.

Am hellen Tag hatte es hier idyllisch ausgesehen, und nun wirkte es sogar noch idyllischer. Gut genährte Kinder schliefen jetzt wahrscheinlich, während ihre Eltern unten Weinflaschen öffneten und dieses dunkle Wasserband hier sich schlängelnd seinen Weg suchte, während die Wellen still gegen die Ufer der Hausbesitzer schlugen. Es würden nicht sie oder ihre Kinder sein, die plötzlich verschwanden, die in einer finsteren Nacht wie aus dem Nichts ergriffen und aus ihrem Leben herausgerissen wurden. Es würde auch keiner sein, den sie kannten, der fortgeschleppt und gefangen wurde, der verloren ging und verschwand. Nein, nicht sie. Und was kümmerte es sie schon, wenn ein paar Hippies oder Unruhestifter in einem namenlosen Grab endeten, wo man sie rasch verscharrt hatte, oder in irgendeinem Gefängnis landeten, wo man sie verrotten ließ? Und mussten die Menschen hier nicht an ihre Kinder denken? Kamen die nicht zuerst?

Mit einem Ausdruck sehnsüchtiger Wertschätzung starrte Carlos auf die Häuser. Rechtecke aus sanftem Licht fielen auf Rasenflächen, während ein Hund, der hörte, wie wir unerwartet näherkamen, eifrig in die Nacht hinaus kläffte.

»Nur weil das Auto nicht dort parkt, bedeutet das nicht, dass keiner auf der Insel ist«, gab Carlos zu bedenken. »Sie müssen wenigstens einen Mann immer noch dort haben, und sie könnten jederzeit zurückkehren. Das einzige Gute ist, dass wir sie hören werden. Aber falls das passiert, werden wir rasch von dort weg müssen. Gegen die Feuerkraft, die die Mistkerle mit sich führen, haben wir keine Chance.«

Ich starrte nach vorn. Der Bootsführer steuerte uns schnell durch das Wasser, und nach einigen Minuten schoben wir uns bereits durch den schmalen Nebenfluss. Horden von Stechmücken senkten sich auf uns herab, während wir den Fluss entlangsausten, der ruhiger zu fließen begann, nachdem er die Engstelle hinter sich gelassen hatte.

Unterbewusst wandte ich meine Aufmerksamkeit dem Poltern des Motors zu, dem Wechsel in der Tonhöhe, als der Fahrer beschleunigte, und dem rhythmischen Schwingen des Bugs, während das Gefährt durchs Wasser glitt. Dann schaltete der Bootsführer plötzlich den Motor aus, und wir trieben sehr viel mehr dahin als beim ersten Mal. Wir kamen um die Biegung der Insel herum langsam zum Halten.

Marcus sprang vom Boot herunter. Der Schiffsführer warf ihm ein Seil zu, das er an einem Baum vertäute. Wir anderen warteten. Die Reflektionen der Bäume hatten sich in der Dunkelheit ein bisschen verändert, sodass es aussah, als würden sie auf das Wasser zuhalten. Es war sehr still. Marcus‹ Gesichtsausdruck verwandelte sich in der Finsternis in eine Miene vollkommener Ernsthaftigkeit, als er sehr leise mit dem Bootsführer zu sprechen begann. Dann reichte er ihm eine Rolle Geld und legte den Zeigefinger an den unteren Rand seines Auges. *Ojo* – Vorsicht! Der Bootsführer nickte ernst, und das Geld verschwand in seiner Gesäßtasche.

Wir stiegen alle aus und blieben zunächst am Ufer stehen. Carlos‹ Gesicht, das er nach oben zum Mond hin wandte, sah kurz nachdenklich aus, als er durch die Bäume auf das Haus starrte, das sich am Ende des Rasens befand. Er nickte vor sich hin und zog aus seiner Jackentasche eine Pistole. Er wog sie ein paarmal in der Hand, dann öffnete er den Verschluss, um die Patronenkammer zu überprüfen. Anschließend steckte er sie wieder ein. Marcus hatte die Ledertasche bei sich, und er machte ihren Reißverschluss auf.

Eingerahmt von der Finsternis, schienen sich ihre Augen sehr schnell an die Dunkelheit angepasst zu haben, und die beiden Männer überprüften nun ihre Umgebung bis ins kleinste Detail. Die Veränderung bei Marcus war vielleicht am stärksten. Im Mondlicht schimmerten seine Augen, wie mir schien, beinahe voll gespannter Erwartung wegen dem, was vor uns lag. Er hob die Hand an sein Gesicht und rieb sich das Kinn.

Ich kannte ihn, so lange ich mich erinnern konnte, aber jetzt war es so, als sähe ich ihn zum ersten Mal. Während des Tages hatte er immer schläfrig gewirkt, als wäre er nicht ganz auf Draht. Doch jetzt im kahlen Mondlicht sah er aus, als wäre er vollkommen wachsam und dazu imstande, beinahe alles zu schaffen. Mein Bruder allerdings wirkte immer noch nachdenklich und kleinlaut, als würde er abwägen, was alles vor uns lag. Seine breiten Schultern bewegten sich, sodass das Leder der Jacke knarrte. Er legte die Hände fest ineinander, und seine Augen konzentrierten sich auf das Licht, das sich aus dem Küchenfenster über das hochgewachsene Gras ergoss.

»Ihr zwei rührt euch hier nicht vom Fleck, ist das klar?«, wies er Pilar und mich an. »Wir werden zu euch zurückkommen, wenn Soledad dort ist.« Pilar hatte meinem Bruder ein Foto von ihrer Familie gegeben, das sie in ihrem Portemonnaie aufbewahrte. Er schaute kurz darauf und steckte es dann in die Tasche.

»Wir werden dich brauchen, um sie davon zu überzeugen, dass sie mit uns kommen soll, falls sie dort ist«, sagte Carlos und schaute dabei Pilar an. »Dich auch, Guillermo. Ansonsten bleibst du hier. In dem Moment, wo du einen Motor hörst, kommst du zu uns gerannt, um es uns wissen zu lassen, okay? Dort drinnen werden wir so was möglicherweise nicht hören können.«

Ich nickte und schaute anschließend zu, wie die zwei sich geschmeidig durch das Unterholz fortbewegten. Wir anderen standen da und lauschten. Eine kleine Brise kam vom Fluss herbeigeweht und brachte die Blätter an den Bäumen zum Rascheln. Der Bootsführer starrte geradewegs über das Wasser und anscheinend ins Nichts. Wir warteten. Pilar war sehr angespannt und still. Ihre Hände krallten sich in ihre Körperseiten. Dann fing sie an, mit den Fingern gegen die Beine zu trommeln, wobei sie dem Haus den Rücken zugewandt hatte, als ob sie es nicht ertragen könnte, das Gebäude anzuschauen. In der Nähe des Bootes stiegen etliche Blasen zur Oberfläche auf und zerplatzten leise. Die dunkle Silhouette eines Wesens, einer Wasserschlange vielleicht, bewegte sich spiralförmig zwischen ihnen und glitt auf das andere Ufer zu.

Ich schaute den Fluss hinab und war mir sicher, jeden Moment ein Boot zu entdecken, das auf uns zufuhr. Aber als ich genau horchte, konnte ich keine heulenden Geräusche eines Motors vernehmen. Pilar drehte sich um. Voller Erwartung und Furcht, hatte ihr Gesicht jegliche Farbe verloren, doch ihr gelang ein dünnes, hoffnungsvolles Lächeln. Dann schaute sie wieder fort. Ich streckte die Arme nach ihr aus, hielt sie einen Augenblick lang fest und küsste sie sanft auf die Wange. Wir warteten. Ich schaute auf die Flussbiegung hinaus. Keinerlei Anzeichen von irgendjemandem. Pilar fing an, durch das Dickicht auf das Haus zu zu schleichen.

»Pilar …«, sagte ich warnend.

Sie ignorierte mich, und daher folgte ich ihr. Wir suchten uns einen Weg durchs Gebüsch und blickten flüchtig auf die Wände des Hauses, das aus unserer Perspektive von Zweigen eingerahmt wurde. Ich hielt Pilar zurück, als wir den Rand der Rasenfläche erreichten.

Das Licht, das durch das Fenster im Erdgeschoss geschienen hatte, war ausgeschaltet worden. Wir horchten, ob es irgendwelche Bewegungen im Hausinnern gab. Selbst die Insekten, die es zuerst vernahmen, schienen vor Schreck die Luft anzuhalten.

Tief aus dem Innern kam ein gedämpfter Schrei. Er stieg hoch bis an die Grenze zum Kreischen und verstummte dann abrupt. Pilar trat ein paar Schritte nach vorn. Dann schwang an der Hausseite die Küchentür auf, und auf dem Rasen erschien der große Schatten von Carlos. Er stopfte eine schwarze Sturmmaske in seine Jackentasche. Sein Haar war verfilzt und verschwitzt, und er schob es sich aus dem Gesicht, als er langsam stehen blieb. Dann entdeckte er uns und gab uns mit einem Wink zu verstehen, dass wir ihm ins Innere des Hauses folgen sollten.

Wir gingen in die Küche, und Carlos schloss die Tür. Alle Lichter waren ausgeschaltet mit Ausnahme einer einzelnen Lampe, die sich in der Mitte eines langen, geraden Korridors befand, der auf eine Treppenflucht zuführte. Es gab ein Funksprechgerät im Hausflur, das in seine Einzelteile zerschlagen worden war, wie ich sah. Das Haus roch nach Schimmel und Feuchtigkeit, und es lag ein Kochgeruch in der Luft. Die einzelne Lampe schien auf ein paar sperrige Möbelstücke und einige verblichene alte Läufer, während an den Wänden Bilder von Heiligen waren, die himmelwärts blickten. Wir stiegen die Treppe hoch. Ein tiefes Stöhnen kam aus einer teilweise offen stehenden Tür am Ende eines Korridors. Ich schaute dorthin zurück, als Carlos uns eine weitere, kleinere Treppenflucht hochführte, über die man in den obersten Bereich des Hauses gelangte, und bedauerte es augenblicklich.

Marcus stand neben einem *militar*. Er trug noch die Sturmmaske, die seine Lippen – sie stießen aus einem der Löcher hervor – feucht und gierig aussehen ließ. Der *militar* war muskulös und lag bäuchlings auf dem Bett, und er hatte lediglich seine Boxer-Shorts an. Seine Muskeln waren straff gespannt aufgrund der Laken, die Marcus benutzt hatte, um ihn an das Bett zu fesseln. Es war derselbe Mann, den ich früher an diesem Tag in der Küche gesehen hatte. Carlos und Marcus hatten einen weiteren Wachmann ausgeschaltet und ihn in diesen Raum gezerrt. Er lag auf dem Fußboden. Seine Hände waren mit einem Seil hinten auf dem Rücken gefesselt, und in seinem Mund steckte als Knebel ein weißes T-Shirt. In einem großen, unschönen Bogen war Blut auf die Wände und das Kissen gespritzt. Marcus schaute sich das an, als wäre er neugierig auf die Muster, die das Blut an den Wänden hinterließ. Dann schloss er die Tür.

»Carlos«, sagte ich und holte ihn auf der Treppe ein, »ist das wirklich notwendig? Marcus wird doch nicht …«

Carlos blieb stehen. »Was hast du erwartet, Guillermo?«, unterbrach er mich wütend.

»Aber wird Marcus …«

»Nein. Nur dann, wenn sie«, er zeigte auf Pilar, »will, dass er es tut. Aber er wird es sich wünschen, bevor die heutige Nacht vorüber ist. Dieser Kerl da auf dem Bett macht die Hälfte der schmutzigen Arbeit für sie. Folter«, sagte Carlos düster, »in diesen verfluchten Lagern, über die du gesprochen hast …«

»Aber woher weißt du das?«

Carlos zeigte nach oben zu der kleinen Türöffnung am Ende der Treppe. »Du wirst es in einer Minute sehen«, versprach er.

»Aber sollten wir uns nicht vergewissern, dass niemand kommt. Vielleicht mal Ausschau halten!«

Carlos blieb stehen. »In Ordnung«, sagte er. Ich schaute zu, als er seine Sturmmaske erneut aufsetzte, die Treppe wieder hinunterging und die Tür öffnete. Ein paar Augenblicke sprachen sie miteinander. Dann stellten sie sicher, dass die zwei Männer nirgendwohin gehen würden. Marcus schloss die Tür und rannte nach unten.

Carlos kam zu uns zurück und stieg weiter die Treppe hoch, und wir folgten ihm. Dann stieß er eine Tür auf und führte uns in ein großes Dachgeschoss, das der Länge nach den gesamten obersten Bereich des Hauses einnahm. Einen Moment lang standen wir alle drei an der Schwelle zu diesem Raum. Dann stürzte Pilar an Carlos und mir vorbei. Ich starrte nur entsetzt auf die drei Frauen, die jeweils auf der Kante eines der Betten saßen. Pilar lief durch den Raum und suchte am anderen Ende nach irgendwelchen Anzeichen von Soledad. Ich hielt inne, lauschte immer noch – und war mir sicher, das beständige Dröhnen des Motorbootes schwach durch die Fenster zu hören. Deshalb eilte ich zu einem der mit Brettern zugenagelten Fenster und spähte durch einen schmalen Spalt. Aber es gab keinerlei Anzeichen von irgendjemandem, der den Fluss entlangkam.

Die Frauen trugen Shorts und T-Shirts, die alle schmutzig waren. Als sie mich hereinkommen sahen, zuckte die Frau zurück, die am weitesten vom Eingang entfernt war. Sie murmelte etwas zu einer der anderen, die daraufhin sofort zu ihr herüberkam, sie behutsam an den Schultern festhielt und uns anstarrte. Die dritte Frau stand von ihrem Bett auf und tastete mit den Fingern um ihre Handgelenke herum. Alle drei schienen ihre Augen an das Licht gewöhnen zu müssen, das durch die schmale Türöffnung in den Raum hineinfiel. Von unten waren der Geruch von Fett und Kochdüfte hochgezogen und hatten sich im ganzen Raum ausgebreitet, was ihm eine etwas einladendere Atmosphäre verlieh. Aber das machte alles irgendwie noch schlimmer.

Carlos ging zu einem der Betten hinüber und hob etwas hoch, das am Ende einer schmutzigen Matratze lag. Es war eine schwarze Haube. »Sie haben alle so etwas aufgehabt, als ich hereinkam. Viele Wochen lang mussten sie das tragen, sodass sie nichts sehen konnten. Nur wenn sie duschten und aßen, wurde ihnen gestattet, die

Haube abzunehmen. Und sie sind Tag und Nacht mit Handschellen an diese Betten gefesselt gewesen. Du hast übrigens recht gehabt«, sagte Carlos zu mir, als er die Haube auf den Fußboden warf. »Der Priester war hier. Er versuchte, ihnen zu helfen, und machte es ihnen hier so bequem, wie er es konnte. Außerdem sagte er ihnen, dass er ihnen helfen würde. Und jetzt ist er tot.«

Ein paar Strahlen vom Mondlicht schienen durch die Lücken in den vernagelten Fenstern.

Pilar wirbelte herum. »Aber sie ist ja gar nicht hier«, sagte sie schließlich. »Soledad ist nicht hier.«

25. Kapitel

Ich stand vor den Frauen und blickte sie an. Die älteste von den dreien rieb sich immer noch behutsam über die Handgelenke und starrte Pilar an.

»Da sind sie also«, erklärte Carlos, während er sie anschaute. »Dieser Ort hier ist wie ein Fünf-Sterne-Hotel verglichen mit dem, wo sie vorher waren, doch du kannst sehen, in welchem Zustand sie sind.«

Sehr vorsichtig bewegte ich mich auf sie zu. »Aber sie waren zu fünft«, sagte ich in sanftem Tonfall. »Wurden Sie nicht alle zusammen hierher gebracht?«

Plötzlich stand Pilar hinter mir. »Was ist mit meiner Schwester?«, verlangte sie zu wissen. »Wurde sie mit Ihnen hergebracht? Meine Schwester. Soledad? Kennen Sie sie? War sie hier?«

Die Frauen schauten sie bloß an.

»Hören Sie mir nicht zu? Haben Sie sie gesehen?« Sie richtete sich gerade auf und schaute sich hilflos im Raum um.

Carlos hob die Hand. »Es ist okay, Pilar«, beschwichtigte er sie. »Vor nicht allzu langer Zeit war deine Schwester hier. Sie sagte ihnen ihren Namen. Aber mit diesen Hauben können sie sich gegenseitig nicht sehen. Soledad ist fortgebracht worden.«

»Fortgebracht«, wiederholte Pilar. »Dann sind wir also ganz umsonst hierher gekommen. Wo ist sie?« Ihre Stimme klang matt und ausdruckslos in der fremdartigen Stille des Hauses. Sie wandte sich von uns ab. »Wohin haben sie sie gebracht?«

Beinahe wie betäubt schaute ich mich um. Da war das Gefühl, dass ich irgendwie tief in einem Übelkeit erregenden Traum festgehalten wurde. Meine Gedanken schnellten fort von der Möglichkeit, dass alles, was von Soledad übrig geblieben war, inzwischen nur Knochen und Asche sein könnte, die ganz tief unten in einer vergessenen Friedhofsecke lagen. Ich lauschte. Draußen war alles ruhig.

»Wir haben nicht viel Zeit«, betonte Carlos. »Wir müssen zum Teufel noch mal von hier weg sein, bevor diese Kerle zurückkommen. Los! Ich werde später alles erklären.« Er gab den Frauen ein Zeichen, und wir alle stiegen die Treppe hinab. Die Frauen waren so lange an die Betten gefesselt gewesen, dass es nur langsam voranging. Ich lauschte weiterhin auf Motorgeräusche und wünschte mir, dass die Frauen sich beeilen würden.

Carlos ergriff eine von ihnen am Arm und stützte sie, während wir ins Erdgeschoss hinunterstiegen und dann wieder rasch durch die Küche und zum Garten gingen.

»Ich habe womöglich eine Ahnung, wo eure Soledad ist. Ihr werdet es allerdings nicht glauben«, sagte Carlos, als wir die Rasenfläche etwa zur Hälfte überquert hatten. »Aber heute Abend ist eine Rendezvous-Nacht.«

»Rendezvous-Nacht?«, wiederholte ich. »Worüber sprichst du eigentlich?«

Es war die älteste der Frauen - sie hatte sich als Patricia vorgestellt -, die mir darauf eine Antwort gab. Sie hatte einen großen Bluterguss direkt unter ihrem linken Auge, und sie musste inzwischen darum kämpfen, weiterzugehen. Ich trat zu ihr, um ihr zu helfen.

»Manchmal – wenn es jüngere Frauen oder hübschere Mädchen unter den Gefangenen gibt – führen die Männer sie aus.«

»Was?«, fragte ich entsetzt. »Was meinen Sie damit – sie führen sie aus? Wie … wie bei einem Rendezvous oder so was?«

»Sie putzen die Mädchen heraus«, antwortete Carlos schnell, der es zügig hinter sich bringen wollte, und schaute auf Pilar. »Sie lassen sie eine Dusche nehmen und sich zurechtmachen. Anschließend fordern sie sie im Erdgeschoss immer wieder dazu auf, Alkohol zu trinken. Dazu gibt es ein bisschen Musik. Dann gehen sie aus«, wusste Carlos zu berichten. »Sind in der Stadt unterwegs. Sie haben heute Soledad und eine andere Gefangene mitgenommen. Und dann geht es zum nächsten *telo*«, sagte Carlos unverblümt. Zu einem Stundenhotel.

»O mein Gott … Aber wohin?«, fragte ich schließlich. »Wohin bringen sie sie?«

»Ein Hotel in San Telmo – ich glaube, dorthin gehen sie«, antwortete Patricia atemlos. »Heute Morgen habe ich gehört, wie einer der Männer davon gesprochen hat.«

»Wissen Sie, wie dieses Hotel heißt?«

Sie schüttelte den Kopf.

»Ist es immer dasselbe?«

»Ich weiß es nicht.«

»Aber Sie behaupten«, sagte Pilar, »dass diese Scheißkerle die Mädchen ausführen. Dass sie in der Stadt unterwegs sind. Nach all dem, was sie ihnen angetan haben, führen sie sie abends aus?« Sie sprach mit zunehmender Fassungslosigkeit. »Und dann vergewaltigen sie sie in einem Stundenhotel. Und manchmal kommen die Mädchen zurück, und manchmal kommen sie überhaupt nicht zurück. Das ist es doch, was Sie zu verstehen geben wollen, oder?« Pilar schaute Patricia mit plötzlicher Abscheu an, als wäre es irgendwie ganz und gar ihre Schuld. »Und dort ist jetzt Soledad? Zusammen mit diesem anderen Mädchen?«

»Ja«, antwortete Patricia.

»Wie heißt sie? Wie heißt diese andere Frau?«, wollte Carlos wissen.

»Adriana.«

»Und Adriana – wie alt ist sie?«, fragte er weiter. »Wie sieht sie aus?«

»Ich konnte nur einen flüchtigen Blick auf sie werfen, als sie uns nach unten zu den Duschen brachten. Aber sie ist wohl Mitte dreißig. Dunkle Hautfarbe. Langes schwarzes Haar.«

Marcus tauchte unvermittelt aus der Dunkelheit auf und wies mit eindringlichen Gesten zum Boot. Er zeigte den Fluss entlang, und wir hörten das Heulen eines Motors näherkommen. Wir schoben uns rasch durch das Unterholz und halfen den Frauen, nacheinander ins Boot zu steigen, wobei wir immer wieder über die Schultern nach hinten blickten. Das Scheinwerferlicht wurde stärker, und die Motorgeräusche wuchsen zu einem ständigen Dröhnen an, während das Boot auf die Insel zusteuerte.

Zu guter Letzt – nach einer Zeitspanne, die wie eine Ewigkeit schien – waren wir alle in unserem Gefährt. Marcus band das Seil los, und Carlos schob sich nach vorn zum Bug und sagte dann etwas zum Bootsführer, der daraufhin nickte. Dann ließ er uns von der Strömung weiter flussaufwärts treiben und steuerte uns so leise wie nur möglich mit einem Paddel, bis wir jenseits der Biegung auf der anderen Seite des Flusses waren.

Dicht aneinandergedrängt, lautlos und tief geduckt warteten wir in der Dunkelheit. Auf der gegenüberliegenden Flussseite kam das andere Boot langsam zum Stehen. Der Motor wurde abgestellt, und zwei Männer stiegen lässig auf den Anlegesteg. Das Licht ging aus. Wir warteten weiter ab und beobachteten die zwei, bis sie verschwunden waren. Dann nickte Carlos.

Der Bootsführer zog plötzlich an der Schnur des Motors, und dann sausten wir schnell zum Anlegesteg zurück. Marcus sprang heraus, löste die Vertäuung des anderen Boots und ergriff dessen Seil. Das hielt er fest, während er zu uns zurückkam und das Boot hinter uns her zog. In unserem Rücken waren plötzlich verwunderte Rufe zu hören, und dann brüllte jemand. Die Rufe wurden lauter. Schüsse krachten. Wir zogen die Köpfe ein, als Kugeln durch die Dunkelheit schwirrten. Marcus ließ schließlich das Seil los, und wir schossen unvermittelt nach vorne und gewannen an Fahrt. Ich schaute nach hinten auf die kleine Insel, die in der Dunkelheit verschwand, und auf das andere Boot, das in unserem Fahrwasser auf und nieder wippte. Dann glitten wir rasch über das Wasser dahin, als der Motor aufbrüllte, und steuerten auf das Dorf zu.

26. Kapitel

Zurück im Dorf, gab Carlos dem Bootsführer einen großen Geldbetrag. Pilar starrte die Frauen an, die jetzt auf der anderen Straßenseite in Marcus‹ Auto warteten, und strich eine Haarsträhne von ihren Augen.

Unterwegs hatten wir die Sache bereits besprochen, aber erneut sagte ich: »Wenn wir Soledad finden und sie dich sieht, dann könnte das alles vermasseln. Abgemacht?«

Sie nickte. »Ich weiß«, erwiderte sie, »doch ich wünsche mir einfach, ich könnte mit euch kommen. Auf irgendeine Weise helfen.«

»Schau, es ist nur zum Besten. Bring sie einfach nach Hause und sorge dafür, dass es ihnen gut geht. Gib ihnen ein paar Kleidungsstücke. Dann werden sie sich auf ihren eigenen Weg begeben müssen. Komm jetzt, ich muss gehen. Wir werden nicht viel Zeit haben.«

Pilar warf mir diesen abschätzenden Blick zu, der ihr eigen war, und schlang die Arme um ihren Oberkörper, als eine warme Brise dazu führte, dass sich die Oberfläche des Flusses kräuselte. Sehr vorsichtig streckte ich die Hände nach ihr aus und küsste sie. Ihre Hände schlossen sich sehr schnell um meine, verweilten dort einen Moment, und dann ließ sie los.

Carlos fuhr mit hohem Tempo nach San Telmo und wurde langsamer, als wir den Stadtrand erreichten. Wir waren nicht überrascht, eine kleine Reihe von Wagen zu sehen, die von zwei jungen, gelangweilt wirkenden

Soldaten weitergewunken wurden. Bevor die beiden jedoch die Autos durchließen, leuchteten sie mit ihren Taschenlampen in die Gesichter der Fahrer und schauten dann noch auf die Rücksitze. Es war ein normaler Vorgang zu dieser nächtlichen Zeit. Ich betete, dass sie nicht nach meinem Ausweis fragen würden, und glücklicherweise interessierten sie sich auch nicht dafür. So kamen wir ohne Schwierigkeiten an den beiden vorbei. Wir hielten direkt vor einer Straße namens Defensa an. Carlos stieg aus dem Wagen, bewegte die Hände entlang des Autodachs und klopfte leicht darauf. Wir starrten auf diesen einen Korridor aus Licht, der sich direkt vor uns befand, und schätzten die Lage ein.

Die Sperrstunde hatte schon vor langer Zeit begonnen, doch die Soldaten hier wurden offensichtlich bezahlt, damit sie wegschauten und gewährleistet wurde, dass es keine Schwierigkeiten gab. Wir eilten die Straße entlang, direkt auf die Lichter zu. Die Geschäftsstraße führte an einem großen Platz vorbei, um den es rundherum etliche Cafés gab, in denen viel los war. Auch in anderen Straßen, welche die Hauptverkehrsader kreuzten, drängten sich die Menschen. Sie saßen dicht an dicht unter hellen Markisen, während aus einem Nachtclub weiter oben an der Geschäftsstraße Musik herüberschallte, die den entfernten Verkehrslärm überlagerte.

»Wenn es dieselben Männer sind, die kamen, um Soledad abzuholen, werden sie dich möglicherweise wiedererkennen«, gab Carlos zu bedenken. »Also verhalte dich unauffällig und zieh dir diese Kappe tief ins Gesicht, damit deine Augen stets verdeckt bleiben.«

Ich nickte.

Defensa war schon bald voller draufgängerischer, pulsierender Energie. Wohlhabende, gutaussehende Menschen schlenderten durch die Straße und tauchten erwartungsvoll in die Öffnungen höhlenartiger Bars und fröhlicher Restaurants ein.

Mit forschen Schritten gingen wir durch das Gedränge. Wir hielten nach dem Ford Falcon und irgendwelchen Anzeichen der Männer Ausschau, während wir uns einen Weg durch die sich ständig bewegenden Menschenmassen bahnten. Mich überkam die flüchtige Empfindung, dass wir sie nicht finden würden, und ich fühlte mich verzweifelt. Carlos schien das zu spüren, und er legte kurzzeitig seine Hand auf meine Schulter; dann starrte er wieder nach vorn.

Als wir die Straße zur Hälfte entlanggelaufen waren, teilten wir uns auf und begannen, die Cafés und Restaurants zu durchsuchen. Ich überflog die Tische und arbeitete mich mithilfe meiner Ellbogen durch belebte Restaurants und umherhastende, mürrisch blickende Kellner. Mit großer Vorsicht spähte ich in dunkle, romantische Nischen, aber nirgends war eine Spur von ihr oder den Männern. Ich bemühte mich, klar zu denken und nicht in Panik zu geraten. Doch je länger ich suchte, desto hilfloser fühlte ich mich und desto sinnloser schien alles zu sein.

Ich war fast am Ende der Straße, als ich Carlos erblickte, der sich durch die Menschenmenge zu mir drängte. Er packte mich grob an der Schulter, dann zerrte er mich an einer Reihe von belebten Bars vorbei und zu den Türen des Nachtclubs. Ohne ein Wort führte er mich direkt an die Spitze der Warteschlange vor dem Eingang, und der Türsteher winkte uns beide durch.

»Ich dachte mir schon, dass sie hier sein würden. Wir hätten gleich zu Anfang hierher gehen sollen. Diese Kerle stehen auf so schrecklich schäbige Orte«, brüllte er über den unnachgiebigen Lärm hinweg. »Ihr Auto steht hinten raus. Es hat jetzt vier platte Reifen. Wenn sie dich sehen, sind wir erledigt. Ich bin mir jedoch ziemlich sicher, dass ich das Mädchen gefunden habe. Hier!« Er hatte irgendwo einen Seidenschal gestohlen, den er mir jetzt so um den Hals wickelte, dass mein Kinn verdeckt wurde. »Wenn sie es wirklich ist, dann ist sie mit irgendeinem widerlichen Typen auf der Tanzfläche. Für mich sieht er wie ein *militar* aus.«

Hinter der Garderobe des Nachtclubs befand sich eine große offene Fläche mit einer ganzen Reihe von Tischen und Stühlen, von denen aus man die Tanzfläche unten überblickte. Im Hintergrund wurde ein gewaltiger Vorhang sichtbar, auf dem sich die Neon-Skyline von New York erhob. Die Wände an allen anderen Seiten waren in einem satten Mattschwarz gestrichen. Carlos schritt an die Bar und bestellte Getränke für uns; ich folgte ihm so, dass ich sorgfältig hinter ihm versteckt war. Anschließend wies er mit dem Kopf zur Tanzfläche.

Sie war mit Menschen förmlich vollgestopft, sodass sie kaum Platz fanden, um sich zu bewegen. Eine kleine Welle der Erregung durchlief die Menge, als ein neuer Song einsetzte. Der Rhythmus stieg an, hämmerte in meinem Kopf und erschütterte meine Schädelbasis, und für einen Moment brach die Tanzfläche auseinander und ordnete sich wieder selbst neu an in Erwartung des nächsten Songs. Und dann sah ich ihn. Es war einer jener Männer. Der Mann, der zu Soledads Haus gegangen war und sie herausgezerrt hatte. Er trat zur Seite, und ich erblickte das Gesicht, nach dem ich wirklich Ausschau gehalten hatte.

Der Ausdruck entsetzter Empörung musste sich auf meinen Zügen deutlich abgezeichnet haben, denn Carlos zog mich rasch zu sich heran. »Immer mit der Ruhe, Guillermo, mein Gott noch mal!«, fuhr er mich an. »Ist sie es?«

Ich nickte. Langsam drehte ich mich um und schaute erneut zu ihr. Das Mädchen, das ich auf der Calle Lavalle spazieren gesehen und das sich dabei um absolut nichts Sorgen gemacht hatte, war schlicht und einfach verschwunden. Soledads Gesicht zeigte einen Ausdruck der Erschöpfung und Furcht. Das Schlimmste war, dass sie sich allem Anschein nach den Vorstellungen des Mannes angepasst hatte und sich jetzt weitgehend darauf eingestellt zu haben schien, als ob sie in einer umfassenden Weise imstande wäre, seine Stimmungslage und seine Bedürfnisse einzuschätzen. Er hatte sie ein eng anliegendes rotes Kleid anziehen lassen und dazu gebracht, Make-up aufzulegen. Doch unter der fratzenhaften Schmiere wirkte ihr Gesicht grau. Der Mann schaute sie an und grinste. Sie grinste zurück.

Mit einiger Anstrengung drehte ich das Gesicht von ihr weg. »Wo ist das andere Mädchen?«, fragte ich. Mir war schlecht, und ich war sehr, sehr wütend.

Carlos legte eine Hand auf die Bar und zeigte nach oben. »Wenn Soledad dich sieht, besteht die Gefahr, dass du es vermasselst«, warnte er. »Geh nach oben! Sie ist womöglich dort. Wie war noch mal ihr Name?«

»Adriana«, antwortete ich.

»Alles klar dann«, sagte Carlos und zeigte auf meinen Drink. »Nimm das mit, und mach dich auf die Beine. Wenn es eine Möglichkeit gibt, sie ebenfalls hier rauszuholen, dann nutze sie. In ungefähr fünf Minuten wird es losgehen, also warte auf mein Signal.«

Ich blickte nach hinten, bevor ich die Treppe nach oben stieg und den Gang entlangmarschierte. Die schweren Lichter hingen an einem Gerüst und bewegten sich in gemächlichen synkopischen Bögen. Ich entdeckte den anderen *militar* auf Anhieb. Er saß am anderen Ende des Raums in der Nähe einer Treppe, die zur anderen

Seite der Tanzfläche hinunterführte. Es war der Große, der als Erster gekommen war, um Soledad aus dem Buchgeschäft zu holen, und ihre Papiere verlangt hatte.

Hier oben, wo die Musik nicht ganz so laut war, hielten sich zumeist Paare auf, die sich eine Verschnaufpause gönnten. Sie unterhielten sich schreiend, um die Musik zu übertönen. Unter ihnen gab es verstreut einige gelangweilte, nüchtern wirkende Schaulustige, die sich über die Geländer lehnten und nach unten blickten. Ich gesellte mich zu ihnen.

Carlos stand am Rand der Tanzfläche. Seine Augen glühten auf, als ihm eine plötzliche Einsicht kam, und wurden dann wieder ausdruckslos, während er begann, sich durch die Menschenmasse hindurchzuschlängeln. Ich schaute abermals zur Seite. Der *militar* saß an einem Tisch, von dem aus man die Galerie überblicken konnte. Er sah gelangweilt und zugleich ruhelos aus. Ich starrte so lange zu ihm hinüber, wie ich es wagen durfte. Die Frau namens Adriana saß vor ihm und sah auf eine grimmige Art und Weise attraktiv aus. Er zeigte auf ihr Glas und befahl ihr zu trinken. Sie schüttete den Inhalt in einem Zug hinunter und hielt ihm dann das Glas entgegen. Dabei starrte sie ihn mit einem sarkastischen Ausdruck an, der mit Verachtung gepaart war; und sie tat dies länger, als sie es sollte. Er erwiderte ihren festen Blick und gab ein schrilles Lachen von sich, dann erhob auch er das Glas.

Ich drehte mich weg und hielt Ausschau, ob noch mehr von den Männern da waren. Doch ich konnte keinen von ihnen sehen. Carlos spähte nach oben und bemerkte, dass ich zu ihm hinabschaute. Vorsichtig zeigte ich in Richtung der beiden und hob einen Finger. Carlos nickte und wies dann in Richtung Ausgang.

Danach bahnte er sich erneut einen Weg durch die Menschenmenge und bewegte sich in einer Schlangenlinie auf die Mitte der Tanzfläche zu. Hinter der New Yorker Skyline flackerten Lichter. Der *militar* und Soledad waren ein Stück weiter in die dichte Masse von Leuten hineingekommen, die sich im Zentrum des Raums aufhielten. Der Mann bewegte seine schmalen Hüften und hob die Arme über den Kopf.

Scheinbar aus dem Nichts tauchte Carlos hinter ihnen auf - wie ein Hai. Ohne im Mindesten zu zögern, schob er den Mann grob aus dem Weg. Carlos ließ die Arme nach unten gleiten und streckte sie sogleich zu beiden Seiten aus, während sich ein dusseliger, leerer Ausdruck von offensichtlicher Wolllust auf seinem Gesicht ausbreitete und er sich unbeholfen zur Musik wiegte. Er beugte sich näher zu Soledad, flüsterte ihr etwas ins Ohr und ließ die Schultern rollen.

Der *militar* versuchte, ihn zurückzudrängen. Doch Carlos schubste ihn erneut grob weg. Der Mann blickte wütend und starrte zur Galerie hoch. Adriana, die all dies aufmerksam beobachtet hatte, streckte jetzt den Arm vor, um die Hand des anderen Mannes zu ergreifen. Der *militar* zog sie fort und richtete den Blick in die entgegengesetzte Richtung. Adriana schaute abermals über seine Schulter und spähte dann ganz und gar zwanglos nach unten.

Carlos, der nun unterhalb des Metallgeländers war, hielt den Oberkörper immer noch zu Soledad hinüber gebeugt. Er packte sie an der Schulter, lächelte anzüglich und neigte sich noch näher zu ihr. Dann ergriff er ihre Hand und begann, sich mit ihr im Takt zur Musik zu wiegen, wobei er ein ausgelassenes Grinsen zeigte. Der *militar* stand einen Augenblick lang da, als wäre er auf dem falschen Fuß erwischt worden. Carlos‹ Gesicht näherte sich Soledads Wange. Der Mann packte Carlos an der Schulter, seine Hand klammerte sich fest darum, und er wollte meinen Bruder grob zu sich herum drehen.

Carlos schob Soledad fort und wirbelte herum. Seine Faust schoss mit solcher Geschwindigkeit und Kraft nach vorn, dass ich beinahe augenblicklich sicher war, ich könnte trotz des Musiklärms etwas zerbrechen hören. Vor lauter Überraschung hatte der *militar* die Augen so weit aufgerissen, dass sie fast vollkommen rund wirkten. Da war ein momentaner Ausdruck des Unverständnisses, als er sah, wie die Faust abermals auf sein Gesicht zuraste. Er schaute wie verträumt an sich herab, als er das Blut erblickte, das jetzt durch seine Finger floss, am ganzen Arm herabtropfte und leise klatschend auf seinen Schuhen landete.

Er hatte lediglich Zeit, einen weiteren halben Schritt nach hinten zu gehen, bevor Carlos ihn abermals schlug, eine alles kleinhauende, brutale Rechte, die seinen Kopf zur Seite schleuderte. Der andere *militar* war bereits auf den Füßen und umklammerte das Geländer der Galerie. Auf dem Tisch stand eine leere Bierflasche. Ich ergriff sie, hielt sie an meiner Seite und ging rasch auf den Tisch zu, an dem Adriana saß. Für den Bruchteil einer Sekunde schien der *militar* auf der Galerie unentschlossen zu sein, was er mit ihr jetzt tun sollte. Dann aber – mit einem skeptischen Blick nach hinten – setzte er sich in Bewegung, um seinem Kameraden zu Hilfe zu eilen. Innerhalb von Sekunden war die Ansammlung von Menschen hier auf der Galerie dichter geworden. Es hatte einen plötzlichen Andrang in Richtung der Geländer gegeben, als jeder versuchte, einen besseren Blick auf das Geschehen unten zu bekommen.

Carlos schätzte gelassen die Distanz ab und verpasste dem *militar* erneut einen Schlag. Diesmal sogar noch härter. Er fiel gegen den Rücken einer molligen Frau, die zur Seite stolperte und voller Abscheu auf ihn zurückschaute, während er versuchte, wieder auf die Beine zu kommen. Dabei griff er schon nach seiner Pistole. Mein Bruder, der beim Anblick der Waffe zornig wurde, schlug sie ihm aus der Hand, sodass sie über den Boden fortschlitterte. Erschrocken bewegte sich die Menschenmenge von den beiden Kontrahenten fort. Jemand kreischte.

Ich schob mich durch die Gaffer zum Tisch und ließ die Flasche fallen. Adriana war bereits aufgestanden und schritt zur Treppe. Ich ergriff sie, so behutsam wie ich konnte. Sie wirbelte wütend herum.

»Komm mit mir, Adriana«, sagte ich.

»Kenne ich dich?«

»Ich bin ein Freund. Ein Freund von Soledad. Wir haben ein Auto. Komm.«

Sie erhob keine Einwände.

Ganz unten herrschte ein von Stroboskoplicht beleuchtetes, schreckliches Durcheinander. Der andere *militar* war schon die Treppe hinuntergelaufen und bahnte sich nun einen Weg über die Tanzfläche. Adriana zerrte mich zum Notausgang im hinteren Bereich des Clubs. Ich blickte über meine Schulter. Ein dicker, rotgesichtiger Mann eilte zum anderen Ende des Raums, um zu helfen. Aber zwei Rausschmeißer waren bereits in seine Richtung unterwegs und kämpften sich energisch durch die Menschenmassen. Mein Bruder bahnte sich in aller Ruhe seinen Weg zur Bar und zerrte wie ein Höhlenmensch Soledad in seinem Fahrwasser hinter sich her. Hinter ihm hatte die Menge rund um sein Opfer einen freien Raum geschaffen.

Ein Rausschmeißer beugte sich zu dem Mann herab und versuchte, ihn wieder auf die Beine zu ziehen. Doch der andere *militar*, der sich den Weg zu der Stelle bahnte, schrie den Rausschmeißer an, er solle sich davonschleichen, und griff nach seinem Kameraden. Der schaffte es, erst auf die Knie zu kommen und dann aufzustehen. Doch er starrte benommen und verwirrt umher. Seine Beine gaben erneut nach, und er fiel um. Jemand lachte. Sein Freund versuchte abermals, ihm zu helfen. Doch es war zwecklos. Dann spürte er, dass etwas nicht stimmte, und er schaute plötzlich nach oben und überflog mit seinen Blicken die Galerie. Er schaute wieder über die Tanzfläche, und seine Augen verengten sich, als er Adriana und dann mich erspähte. Augenblicklich griff er nach seiner Pistole. Er richtete Kimme und Korn aus und zielte. Wir duckten uns und schoben uns durch die Menge.

Auf einmal gingen die Disco-Lichter aus und die Deckenleuchten an, und die Musik wurde ausgeschaltet. Es gab ein schwaches, nachhallendes Klopfen aus den Lautsprechern und ein abschließendes, lautes statisches Kreischen. Dann gab es einen Knall – ein Schuss ertönte. Schlagartig waren gellende Schreie zu hören. Leute duckten sich und eilten massenweise auf den Notausgang zu, dessen Tür weit aufgerissen wurde. Wir quetschten uns durch die sich windenden Körper der Menschen, die in panischer Angst die Flucht ergriffen, und konnten auf einmal nicht mehr atmen. Und dann waren wir plötzlich draußen.

27. Kapitel

Wir spurteten durch die Straßen und blickten für den Bruchteil einer Sekunde auf die Menschenmassen zurück, die aus der Disco strömten. Der *militar* tauchte plötzlich auf, schob sich durch die Menge und versuchte, über sie hinwegzuspähen. Wir rannten zur Hauptstraße zurück und tauchten in die Menschenmassen ein. Wir schlugen, fädelten und rempelten uns durch sie hindurch und eilten zum Wagen zurück.

Am Ende der Straße wartete Carlos auf uns. Der Motor lief schon, und das Auto war bereit zum Losfahren, als die Beifahrertür aufflog. Ich stieg vorne ein, und Adriana warf sich auf die Rückbank. Carlos fuhr bereits, bevor ich auch nur die Gelegenheit hatte, nach hinten zu schauen. Es dauerte eine Sekunde oder zwei, aber dann zeigte sich schließlich ein Ausdruck des Wiedererkennens auf Soledads Gesicht.

»Du!«, rief sie. »Aber wie? Wie hast du erfahren, dass wir dort sind?«

»Das erzähle ich dir später. Wir müssen dich jetzt von hier wegbringen … Pilar wartet auf dich. Wir werden dich aus dieser Sache herausholen.«

»Pilar. Aber …«

»Wir haben überall nach dir gesucht. Gott sei Dank haben wir dich gefunden. Geht es dir gut?«

»Ich weiß es nicht. Ich glaubte, gehört zu haben, dass du entkommen bist, als sie mich zu dem Wagen führten. Dann haben sie mir eine Haube über den Kopf gestülpt. Aber ich dachte, sie müssten dich ebenfalls gefangen haben.«

»Wir haben seitdem nach dir gesucht«, sagte ich.

»Und Pilar? Pilar wartet auf mich, sagst du? Und was ist mit Dad?«

»Er ist fortgegangen. Es tut mir leid, Soledad. Aber sie sind zu deinem Bruder gekommen, als sie nach dir gesucht haben.« Ich hob meine Hände. »Es ist alles in Ordnung. Ihm geht's gut, doch sie mussten für eine Weile die Stadt verlassen. Wir werden es sie wissen lassen, sobald du in Sicherheit bist.«

Carlos fuhr weiterhin, so schnell er konnte, ohne die Aufmerksamkeit auf uns lenken. »Okay, beruhigt euch jetzt, ihr alle«, ermahnte er uns. Er schaute prüfend auf seine Fingerknöchel und wischte sie an einem Stück Stoff ab, das er anschließend aus dem Fenster warf. »Wenn wir angehalten werden, dann sind wir alle zusammen auf dem Rückweg von einem lustigen Abend dort in der Stadt, ist das klar?«

Wir fuhren vorsichtig und waren uns sicher, dass wir jeden Augenblick angehalten würden. Aber auf unserem Weg zur Stadt hinaus gab es keinerlei Anzeichen von irgendwelchen Straßenblockaden. Als wir San Telmo hinter uns gelassen hatten, reichte Carlos Soledad einen Lappen. Sie schaute darauf, bevor sie sich damit das Make-up von ihrem Gesicht wischte, während Adriana zuschaute. Wir nahmen eine Nebenstraße, und dann begannen wir, auf einer qualvoll langen Zickzack-Route zu unserem Haus zurückzufahren.

Wir erzählten Adriana, wer wir waren, doch es schien eine lange Zeit zu dauern, bis es schließlich in ihr Bewusstsein eindrang. Dann schaute sie uns beide lange und mit einem harten Blick an - beinahe mit dem gleichen zynischen Blick, mit dem sie den *militar* in dem Nachtclub angeschaut hatte. Nach alldem, was sie gerade durchgemacht hatte, konnte ich ihr keinen Vorwurf machen.

Carlos jedoch sah vollkommen entspannt und beinahe desinteressiert aus, als ob er gerade eine Mahlzeit genossen hätte, die besonders sättigend gewesen war, und nun vorsichtig eine Zigarette in der Hand halten würde. Adriana nahm den Lappen von Soledad und reichte ihn Carlos. Er öffnete das Fenster und warf den Fetzen hinaus.

Eine Zeitlang sagte keiner von uns etwas. Der Wagen hüpfte über das Kopfsteinpflaster der Straßen. Carlos schaute von Zeit zu Zeit in den Rückspiegel und blickte dann wieder nach vorne. Er bewegte die Hand, um das Radio einzuschalten, änderte dann aber seine Meinung.

Adriana schob sich langsam auf ihrem Sitz nach vorn. »Ich muss euch beide etwas fragen«, sagte sie sehr leise. Anschließend zögerte sie, und erst nach einer langen Pause fuhr sie fort: »Da waren zwei Frauen. Diese Männer …«, sie suchte nach dem richtigen Ausdruck, »sie haben die beiden gestern Abend ausgeführt. So wie uns heute. Sie haben uns ausgeführt. Ihr wisst das, richtig? Ihr wusstet es?«

»Wie bei einem Rendezvous. Ja, wir wissen das«, antwortete Carlos. »Mein Gott! Sie müssen den Verstand verloren haben, verdammt noch mal. Nichts für ungut. Ich hätte große Lust, dorthin zurückzugehen und alle beide umzubringen. Vielleicht werde ich es eines Tages machen, wenn das alles vorüber ist.«

»Wir haben auf die anderen zwei gewartet«, sagte Adriana unbeeindruckt, »doch sie sind nicht zurückgekommen. Die anderen – also die anderen Frauen bei uns – haben gemeint, die zwei müssen wohl danach irgendwo anders hingebracht worden sein. Zu einem anderen Lager oder vielleicht dorthin, wo wir vorher waren.«

»Sie wurden nicht fortgebracht«, sagte ich leise.

Das war genug. Sie sah aus, als ob sie das erwartet hätte. Sie umklammerte die Seite ihres Sitzes und schaute mit plötzlichem Hass auf ihr Kleid hinab, bevor sie wieder nach vorne starrte. Mit einem Mal wurde ich mir ihres Parfüms bewusst. Zweifellos hatte man sie beide gezwungen, es aufzutragen, und der Duft hing schwer und dick im abgeschlossenen Innenraum des Fahrzeugs. Sie schob sich auf ihrem Sitzplatz nach hinten, schaute zu Soledad und berührte sie an der Schulter.

Ich blickte zurück. Unvermittelt tauchte hinter uns ein Auto auf. Carlos griff bereits nach seiner Pistole in der Jackentasche. Die Lichter hinter uns wurden heller und leuchteten das Innere unseres Wagens aus. Der Motor des anderen Fahrzeugs brüllte auf, und dann zog es auf die Gegenspur. Ich schaute zu ihm hinüber. Dort saß ein junger Mann und neben ihm seine Verabredung, die gerade lachte. Die Fenster waren alle geöffnet, als der Wagen vor uns wieder auf unsere Spur zurückkam und dann um eine Ecke verschwand.

Eine ganze Weile fuhren wir schweigend weiter. Ich wusste, dass Soledad nicht imstande sein würde, irgendetwas von alldem zu glauben, bevor sie nicht Pilar erblickte. Sie starrte weiterhin zum Fenster hinaus. Ihre Augen schienen Probleme zu haben, sich auf etwas zu fokussieren, als ob sie sich nicht ganz sicher wäre, was sie hier überhaupt tat. Außerdem bewegte sie sich manchmal so, als ob sie sich von einem Traum lösen wollte. Sie war, wie ich erkannte, ziemlich stark betrunken. Dann begann sie, leise vor sich hin zu weinen. Der Gedanke, wir könnten sie finden, war während der letzten Tage zu einer so riesengroßen Sache geworden, dass sie es jetzt, wo sie tatsächlich hier war, kaum zu glauben vermochte. Aber sie war hier, und ihr ging es gut.

Im Verlauf etlicher Minuten nach ihrer Befreiung hatte es allem Anschein nach bereits eine langsame Form von Erwachen gegeben. Eine Regung des Bewusstseins, sodass sie sich sehr langsam zu gestatten schien, ihre Umgebung stärker wahrzunehmen. Welche Mechanismen sie auch immer eingesetzt hatte, um zu überleben – sie hatten funktioniert. Und in dem kleinen Innenraum des Wagens meines Bruders konnte ich die gleiche Zähigkeit, die gleiche Zielstrebigkeit spüren, über die auch ihre Schwester verfügte. Wohlweislich hatte sie es sorgsam für sich behalten.

»Was also ist passiert?«, fragte Carlos. Er sprach beinahe im Plauderton. »Adriana, du wurdest ebenfalls entführt. Zusammen mit den anderen? Diesen anderen verrückten Frauen?«

Adriana schaute ihn an. Ihr Mund blieb zunächst fest zusammengepresst. Schließlich fragte sie tonlos: »Wohin fahren wir?«

»Wir bringen euch zu den anderen«, antwortete Carlos. »Und dann heißt es ›Tschüss‹ für euch alle. Danach seid ihr auf euch allein gestellt.«

Die Gleichgültigkeit meines Bruders schien sie zu beruhigen. Sie wurde ein wenig lockerer. Sie blinzelte, und der Blick ihrer Augen war weniger hart. »Ich war bei der Arbeit. Die anderen ... Die Kerle ergriffen sie in der Schule. Bei einem Treffen.«

»Sie brachten euch jedoch alle zu ein und demselben Ort, richtig?«, fragte ich.

Sie nickte. »Sie kamen mich später holen. Meine Nichte verschwand. Daher schloss ich mich dieser Gruppe an, damit wir in Erfahrung bringen konnten, was meiner Nichte passiert ist.«

Carlos schnaubte und blickte sie an, als ob er sagen wollte: *Geschieht dir recht.*

»Die Soldaten kamen wie aus dem Nichts. Das jedenfalls wurde mir erzählt. Sie hatten ein Treffen, und dann waren diese Kerle plötzlich überall. Draußen standen

Lastwagen. Polizisten. Die Frauen versuchten zu entkommen, aber da war es schon zu spät.«

Wir fuhren weiter. Die Lichtstrahlen von unserem Wagen glänzten matt auf der Straße. Carlos bot Adriana eine Zigarette an, und sie nahm sie dankbar entgegen.

»Zwei andere sind rausgekommen«, berichtete sie, inhalierte lange den Rauch, sodass er ihre Lungen füllte, und reichte Carlos sein Feuerzeug zurück. »Gott weiß, wie, aber sie haben es irgendwie geschafft.«

»Das wissen wir«, sagte er. »Sie haben einer Zeitung erzählt, was passiert ist.«

Weiter ging unsere Fahrt. Und während wir fuhren, begann sich ein flüchtiges Gefühl, das sich nur schwer bestimmen ließ, irgendwo in meinem Hinterstübchen als diffuser Gedanke festzusetzen. Ich drehte mich um und schaute auf Soledad, und sie lächelte mich an. Ich wusste, es war noch nicht vorüber. Irgendwie würden wir dafür sorgen müssen, dass wir nicht zu finden waren. Wohin sollten wir gehen? Was würden wir machen, jetzt, wo wir sie befreit hatten? Ich hatte noch nicht einmal angefangen, so weit zu planen. Seit Tagen stand ich total unter Strom, und meine Nerven waren angespannt wie eine aufgedrehte Feder. Ich hatte mir nicht erlaubt, über irgendetwas davon nachzudenken. Doch während ich im Auto saß und auf die Straßen und die leeren Gebäude blickte, an denen wir vorbeikamen, kam all das unvermittelt zu mir zurück. Das Entsetzen über das, was ich gesehen hatte. Ich hatte genug davon erlebt, dass es für ein ganzes Leben reichte.

Ich strengte mich sehr stark an, mich zu entspannen. Bald würden wir wieder zu Hause sein. Es würde alles vorbei sein. Ich würde Pilar aufs Neue in meinen Armen halten. Vielleicht gab es sogar eine Zukunft für uns, wenn das alles vorüber war. Aber etwas – ein Gefühl von leiser Furcht – stieg an die Oberfläche und beäugte mich tief in meinem Innern. Es war dort, beobachtete mich und wartete auf mich.

Zuerst war ich mir sicher, dass es eine Art von abklingender panischer Angst sein musste. Eine Ängstlichkeit, die verweilte und in ihrem Fahrwasser Zweifel und Verwirrung hochwarf. Doch je weiter wir fuhren, desto sicherer wurde ich mir, dass es etwas anderes war. Ein Zweifel, ein zaghaftes Gefühl von Sorge, das bald anzuwachsen begann und an mir nagte, sodass ich eine merkwürdige Form von Übelkeit empfand, die tief in meinem Unterleib aufstieg. Ich starrte hinaus auf die finsteren Straßen.

Bilder fingen an, sich träge in meinem Kopf hin und her zu bewegen, und sprangen mich in allen plastischen Einzelheiten an. Der tote Priester. Marcus, der jenen Mann in diesem fremdartigen Haus zu bearbeiten begann. Die Lichter in der Disco. Dieser *militar*, der sich sein Gesicht hielt. Und die ganze Zeit über schienen Adrianas Worte feucht in mein Ohr geflüstert zu werden: *Rausgekommen Irgendwie waren sie rausgekommen.* Urplötzlich legte ich meine hohlen Hände um den Mund. Ich konnte einfach nicht glauben, wie ich so dumm gewesen sein konnte und wieso ich es nicht zuvor erkannt hatte.

Ich drehte mich um, und mit einer Stimme, die plötzlich barsch klang, verlangte ich zu wissen: »Was meinst du damit? Du weißt nicht, wie sie herausgekommen sind?«

»Wer?«, fragte Adriana.

»Die anderen zwei. Die zwei Leute, die davongekommen sind. Wie sind sie rausgekommen? Du hast gesagt, die Soldaten waren während des Treffens dort in der Schule. Sie müssen alle Ausgänge geschlossen haben, wenn sie wussten, dass sie dort waren. Wie also sind diese anderen zwei herausgekommen? Wie sind sie geflohen?«

»Ich weiß es nicht.« Sie zuckte mit den Schultern und schaute auf ihre Zigarette. »Ich war ja nicht dort. Ich vermute, die Soldaten müssen einen Ausgang übersehen haben, oder die beiden sahen sie kommen und sind daraufhin weggeschlichen.«

»Sie haben einen guten Job für euch gemacht«, warf Carlos ein.

»Weißt du, wer sie sind? Sie sind Verwandte von jemandem, der verschwunden ist, nicht wahr? So wie du.«

Adriana runzelte die Stirn. »Ja. Eine Frau. Ihre Tochter ist verschwunden. Und ein Mann. Sein Neffe oder so verschwand vor einer Weile, und er kam zu uns, um Hilfe zu erhalten, glaube ich. Das jedenfalls ist mir zu Ohren gekommen.«

»Und du weißt nicht, wie er aussieht? Oder wer er ist?«

»Nein.« Sie schaute mich verärgert an. »Hör mal, spielt es echt eine Rolle, wie er aussieht?«

Ich antwortete nichts darauf.

»Was ist los?«, fragte Carlos.

»Ich weiß nicht«, erwiderte ich leise.

»Komm schon. Was gibt's?«, verlangte Carlos zu wissen.

Wie waren sie herausgekommen? Das ergab keinen Sinn, außer wenn … »Ein Telefon«, sagte ich beinahe wie benommen. »Ich glaube, ich brauche ein Telefon.«

28. Kapitel

Wir hielten vor einer roten Ampel, und ein paar Augenblicke später bog Carlos auf eine Tankstelle und zog die Handbremse. Ich stieg aus dem Wagen, spurtete auf ein durchgehend geöffnetes Café neben einem Geschäft zu und ging geradewegs zu den Reihen freier Telefone im hinteren Bereich.

Ich schob mich durch die schmale Tür und schlug sie hinter mir zu. Dann griff ich in meine Gesäßtasche, faltete das Stück Papier auseinander und wählte mit zitternden Fingern die Telefonnummer. Ich hoffte bei Gott, dass ich mich irrte. Carlos war mir ins Café gefolgt.

»Was gibt's?«, fragte er.

Ich drehte mich um, ignorierte ihn jedoch.

Schließlich meldete sich eine Stimme, verschwommen und schlaftrunken. Sie sprach zunächst Englisch und wechselte dann schläfrig und benommen ins Spanische.

»Chapman, ich bin's«, sagte ich. »Guillermo.«

»Guillermo. Was ist denn los?«

»Ein Mann und eine Frau kamen zu Ihnen, als *Las Madres de la Plaza de Mayo* verschwanden, und Sie berichteten darüber, nicht wahr? Das haben Sie mir doch erzählt, oder?«

»Ja, das stimmt«, bestätigte Chapman.

»Und ein paar Wochen später kam der Priester Sie besuchen …«

»Ja.«

»Was taten Sie als Nächstes?«

»Aber ich habe Ihnen doch all das erzählt! Ich nahm Kontakt mit Sergio auf.«

»Doch das war nicht alles, oder?«

Es gab eine lange Pause; sie zögerte mit der Antwort. »Na ja, nein«, erwiderte Chapman in einem etwas verteidigenden Ton. »Sobald ich hörte, dass die Frauen noch am Leben waren, machte ich ... nun ja, machte ich einen Telefonanruf.«

»Sie meinen«, sagte ich, »dass Sie die Leute angerufen haben, die Sie besuchten. Die zwei Personen, die Ihnen im *Bugle* vom Verschwinden der Frauen berichteten, nicht wahr?«

»Also, nein. Ich rief nur eine von ihnen an. Die Frau.« Chapman klang abwehrend. »Die Frau, die zur *Bugle* kam. Tatsächlich kenne ich sie ziemlich gut. Ich wollte sie wissen lassen, dass wir alles taten, was wir konnten. Dass es noch Hoffnung gab.«

»Aber den Mann riefen Sie nicht an?«

»Das musste ich nicht. Sie sagte, sie würde es ihn wissen lassen.«

Ich griff nach meinem Hals und versuchte zu schlucken. Plötzlich schmerzte mir der Kopf in dem kleinen abgeschlossenen Raum der Telefonzelle. »Dieser andere Mann also – kannten Sie ihn auch?«, fragte ich.

»Nein. Tatsächlich hatte ich ihn nie zuvor getroffen«, antwortete Chapman.

»Aber Sie erzählten dieser Frau, dass Sie versuchen würden, mit Sergio in Kontakt zu treten. Dass Sie Beweise hatten für das, was *los militares* taten, und dass Sie im Begriff waren, sie ihm zu geben, um die Nordamerikaner wissen zu lassen, was ihnen zugestoßen war.«

»Wie ich schon sagte: Ich dachte, sie sollte es wissen.«

»Ja, ich kann das verstehen«, sagte ich. Zu meiner großen Verwunderung klang meine Stimme beinahe vernünftig. Außerhalb der Zelle wurde das Licht der Neonröhren auf den glänzenden Oberflächen der Kunststofftische und –stühle reflektiert. Einen langen Moment dachte ich, dass mir gleich schlecht würde.

»Guillermo? Was ist los, Guillermo? Was haben Sie denn? Sind Sie noch da?«

Einen weiteren Augenblick lang sagte ich nichts. Ich wollte es nicht, weil es noch die schwache Hoffnung gab, dass ich mich irren könnte. Doch tief in mir drinnen wusste ich es. Mit einer sehr ruhigen Stimme erkundigte ich mich: »Und dieser Mann – können Sie sich erinnern, wie er ausgesehen hat?«

Es gab eine Pause. »Kräftig gebaut. Er sah ein bisschen merkwürdig aus für einen Argentinier, wissen Sie.«

»Merkwürdig? Auf welche Weise merkwürdig?«

»Nun, er war *un rubio*.«

»*Un rubio*«, wiederholte ich tonlos.

»Ja. Blaue Augen. Großer Bursche. Er hatte blondes Haar«, sagte sie.

29. Kapitel

Für einen Moment sagte ich überhaupt nichts. Ich konnte Chapmans Stimme sehr deutlich am anderen Ende der Verbindung hören. Langsam legte ich schließlich den Telefonhörer auf und schnitt sie mitten im Satz ab. Danach wählte ich die Telefonnummer des Hauses in Villa Urquiza und drückte mir den Hörer wieder ans Ohr. Ich ließ das Telefon klingeln und klingeln. Wenn die Gruppe immer noch *el rubio* vertraute – und es gab keinen Grund dafür, das nicht anzunehmen –, bedeutete das, dass er bereits die Nachricht erhalten haben könnte, dass die Frauen in Sicherheit waren. Ich ging es so ruhig, wie es mir nur möglich war, in Gedanken durch.

Marcus hatte die Frauen zuerst zu unserem sicheren Unterschlupf gebracht. Und es war gut möglich, dass er sie das Telefon hatte benutzen lassen, sodass sie beginnen konnten, Pläne für ihre weitere Flucht zu schmieden und ihre Familien vor *los militares* zu warnen, die wahrscheinlich schon bald zu ihnen unterwegs waren. Die Frauen würden rasch handeln und vielleicht sogar das Land verlassen müssen. Folglich würden Pläne gemacht werden müssen. Es war sogar gut möglich, dass eine der Frauen, die wir gerade gerettet hatten, jemandem erzählt hatte, wo sie sich befanden. Vielleicht nicht die genaue Anschrift, aber womöglich die Gegend. In diesem Fall war der sichere Unterschlupf aufgeflogen.

Niemand nahm den Anruf entgegen.

Ich schob die Tür auf. »Wir müssen gehen«, sagte ich.

»Was gibt's?«, verlangte Carlos zu wissen. »Guillermo, um Gottes willen, was geht hier vor?«

Ich drückte mich an ihm vorbei, rannte durch das Café und stieß die Tür auf. Carlos folgte mir ohne ein weiteres Wort, sprang ins Auto und blickte mich einmal an, und wir brausten los. Der Wagen fuhr mit federnden Bewegungen die kleine Auffahrt hinunter, und dann bretterten wir durch die Straßen. Der Motor wurde zu einem dumpfen Dröhnen in meinen Ohren.

Ich konnte kaum atmen. Ich hatte das Gefühl, als ob etwas tief in meinem Innern herausgerissen und in die Gosse geschmissen worden war.

»Was gibt's?«, fragte Carlos erneut.

»*Los militares*«, antwortete ich. »Sie sind möglicherweise bereits ... Sie könnten in unserem Versteck sein.«

»Was?«

Ich sagte nichts mehr. Ich konnte mich nicht dazu überwinden, es laut auszusprechen.

»Jetzt mach schon, Guillermo!«, schrie Carlos. »Was gibt's?«

Sehr ruhig versuchte ich, alles in irgendeine Art von Ordnung zu bringen. Doch es war ein wüstes Durcheinander. Ich starrte hinaus auf die Straße und versuchte zu überlegen. Schließlich erklärte ich, so ruhig wie ich nur konnte: »*Las Madres de la Plaza de Mayo* wurden in der Schule entführt. Es sollte ein Geheimtreffen sein. Wie also war es möglich, dass die *militares* davon wussten? Und als die Frauen entführt wurden – wie war es möglich, dass es zwei Leuten gelang zu entkommen?«

»Nun, sie hat es dir doch eben erzählt«, erwiderte Carlos und zeigte zum Rücksitz. »Sie müssen einen Ausgang übersehen haben oder so was. *Los militares* sind nicht perfekt, weißt du. Die meisten von ihnen sind bloß Wehrpflichtige. Ganz junge Burschen.«

»Okay, doch sie wussten ebenfalls, dass Maidana sich auf den Weg gemacht hatte, um an jenem Nachmittag Sergio aufzusuchen. Sie folgten ihr und beobachteten sie in diesem Café. Und dann folgten sie ihr die ganze Strecke bis nach Chacarita. Und als Sergio durch die Tore hinausging, lauerten sie ihm auf. Aber woher wussten sie das? Woher wussten sie, dass sie ihr folgen sollten? Chapman, ja – aber nicht Maidana.«

Soledad beugte sich auf ihrem Sitz nach vorn und ergriff die Rückseite der Kopfstütze. »Geht es Pilar gut?«, erkundigte sie sich. »Ich begreife nichts davon. Bitte, Guillermo, sag mir, dass es ihr gut geht. Was ist überhaupt los?«

»Schau, ich weiß es auch nicht. Ich werde versuchen, später alles zu erklären«, erwiderte ich rasch. »Doch ich glaube, dass *Las Madres de la Plaza de Mayo* unterwandert wurden«, sagte ich und schaute dabei Carlos an. »Ich denke, dass jemand den *militares* erzählt hat, wo sie an dem Tag zu finden sein würden, als man sie bei dieser Razzia gefasst hat. Und ich denke, dass dieser Jemand ebenfalls am Tag darauf mit der Verwandten eines Verschwundenen losgezogen ist, um dies der *Bugle* zu berichten. Er agierte undercover«, hob ich hervor, obwohl ich immer noch nicht imstande war, es zu glauben. »Ein *militar*«, flüsterte ich mit fassungsloser Bestürzung. »Er half einer von ihnen zu entfliehen, und am nächsten Tag ging er mit ihr zu der Zeitung, um über den Vorfall zu berichten. Offensichtlich versucht er immer noch, so viele Namen wie möglich herauszubekommen, bevor seine Tarnung auffliegt. Diese Frauen sind eine Peinlichkeit für die Regierung gewesen. Ich denke, dieser Mann hat sie bespitzelt und ihre Aufenthaltsorte sowie all die Vorgänge um sie herum gemeldet, und er hat ihre Entführung in der Schule geleitet. Er versucht immer noch herauszufinden, wer ihnen geholfen hat und wo sie sich treffen - und was sie sonst noch geplant haben und wer sonst noch sich ihnen angeschlossen hat und ihnen hilft. Und das hat funktioniert. Es funktioniert immer noch. Er ist darin geschult worden, eine Organisation zu unterwandern und zu zerstören, und genau das hat er gemacht. Als Chapman erfuhr, dass die Frauen immer noch am Leben waren und was geplant wurde, um sie freizubekommen …«

»Sie hat es dem *militar* erzählt, der in die Gruppe eingesickert ist«, sagte Carlos. »Sie hat es nicht bemerkt. O mein Gott!«

»Und ich glaube, ich weiß, wer das ist – aufgrund ihrer Beschreibung des Mannes. Ich habe ihn zuvor schon gesehen. Er war dort in der Calle Lavalle und suchte Soledad. Dieser blonde Mann.«

Carlos sagte nichts darauf. Stattdessen warf er einen Blick nach hinten und beschleunigte. Wir fuhren rasch durch die Nacht.

»Aber was ist mit Pilar?«, wollte Soledad wissen. »Was hat das alles mit Pilar zu tun? Guillermo, steckt sie in Schwierigkeiten? Bitte gib mir eine Antwort.«

»Schau, ich weiß es eben nicht. Wir müssen zu dem Haus gelangen.«

»Aber –»

»Bitte, Soledad. Ich muss nachdenken.«

Die Dächer der Mietshäuser und Wohnblöcke erhoben sich in einer Schlangenlinie. Die finsteren Straßen legten sich nach innen zusammen. Ich saß da wie betäubt vor Entsetzen. Ich war ein verdammter Dummkopf gewesen, dass ich gedacht hatte, wir hätten eine Chance gegen sie. Die Tatsache, dass *el rubio* augenscheinlich gerade eben so beim letzten Mal die Flucht gelungen war, als *los militares* sie in der Schule hatten holen wollen, ließ ihn nur noch mehr zu einem Teil des inneren Zirkels werden. Und das bedeutete, jemand könnte ihn angerufen haben, um ihn wissen zu lassen, dass jetzt alles in Ordnung war. Ich sah auf meine Uhr. Sie sollten schon seit Stunden dorthin zurückgekehrt sein. Warum also meldete sich niemand am Telefon? Und was würden wir machen, wenn ich recht hatte? Die Stadt selbst schien von allen Seiten auf unser Auto einzudrängen, sodass es den Anschein hatte, als wären die Straßen endlos – egal, wie schnell Carlos fuhr -, als würden sie uns einschließen und uns in eine Falle locken. Carlos wurde langsamer, kurz bevor wir nach Villa Urquiza kamen, und hielt dann den Wagen an.

»Was machst du?«, fragte ich.

»Wir können da nicht einfach hineinstürmen«, entgegnete er. »Wenn du recht hast, warten sie wahrscheinlich auf uns in diesem Haus.«

»Aber was können wir sonst machen?«, erwiderte ich. »Wir können nicht einfach –»

»Halt den Mund!«, unterbrach mich Carlos. »Adriana«, sagte er und drehte sich um. »Du solltest jetzt besser gehen.« Er gab ihr etwas Geld. »Aber geh nicht nach Hause. Geh überall hin, nur nicht nach Hause. Und mach dich aus dem Staub.«

Adriana erhob keine Einwände. Sie stieg aus dem Wagen und war verschwunden, ohne zurückzuschauen, noch nicht einmal zu Soledad.

»Bitte erzählt mir doch, was da vor sich geht!«, flehte Soledad. »Was hat Sergio überhaupt damit zu tun? Und wo ist meine Schwester? Bitte, Guillermo, du musst es mir erzählen. Was ist los?«

»Es ist alles in Ordnung«, antwortete ich so ruhig, wie ich nur konnte. »Hoffentlich ist sie rechtzeitig rausgekommen.«

»Guillermo!«, schrie sie. »Es ist nichts in Ordnung, und du weißt das. Ich kann es an deinem Gesicht erkennen!«

»O Gott. Wir haben einen Fehler gemacht. Einen schrecklichen Fehler«, sagte ich kläglich. »*Los militares* wissen womöglich, wo sie ist.«

Soledad war fassungslos und setzte sich auf ihrem Platz nach hinten.

»Aber du könntest falsch liegen«, meinte Carlos und wandte sich wieder mir zu. »Und sie wissen möglicherweise noch nicht einmal, dass wir hier sind. Marcus könnte sich entschlossen haben, sie alle nach Hause zu bringen - anstatt hierher zu unserem Unterschlupf. Es könnte immer noch alles in Ordnung sein, Soledad.«

»Mein Gott, was sollen wir jetzt tun?«, rief ich.

»Hör zu, Marcus wird es wissen. Lass uns nachschauen, ob er in dem Restaurant ist, das wir vereinbart haben, falls jemals irgendwas passieren sollte und die *militares* das Haus gefunden haben ... Es hat keinen Sinn, irgendwelche Risiken einzugehen, nicht wahr?«

Wir parkten weiter oben an der Straße und ließen den Wagen am Ende einer dunklen Allee zurück, ein paar Blocks von dem Restaurant entfernt. Ohne ein Wort zu sagen, führte der Kellner uns drei geradewegs in den hinteren Bereich des Lokals, wo Marcus an einem Tisch wartete; seine Augen hatte er fest auf die Tür gerichtet. Als er uns erblickte, sprang er auf die Füße.

»Wo ist Pilar?«, fragte ich.

Marcus schaute Carlos an und dann mich.

»Was ist passiert?«, verlangte Carlos zu wissen. »Los, Marcus. Schnell.«

»O Gott«, stieß Marcus aus. Er nahm Platz, rutschte ein Stück weiter in die Nische hinein und beugte sich anschließend nach vorn. Seine Hände zitterten. »Ich fuhr die Frauen nach Hause. Wie wir vereinbart hatten. Zurück zum Haus. Sie waren in einer schlimmen Verfassung, und wir wollten nicht, dass sie in ein Taxi stiegen. Sie hätten meilenweit herausgestochen, wären sie an einer Straßensperre angehalten worden. Also kamen wir zu dem Entschluss, es wäre das Beste, wenn wir sie zu unserem Haus fahren und dann abwarten, dass sie sich wieder in den Griff kriegten. Danach – wenn es hell wäre und es weniger *militares* geben und die Ausgangssperre vorbei sein würde – wollten wir sie alle irgendwo in ein Taxi stecken.« Marcus streckte die Hand nach seinem Getränk aus, doch Carlos zog es mit voller Absicht weg.

»Los, schnell!«, brüllte Carlos.

»Sie waren also oben. Pilar ging hoch, um zu helfen. Ich überließ alles Weitere einfach ihnen. Ich war danach im Wohnzimmer – und plötzlich stand Pilar neben mir und schaltete alle Lichter aus und zeigte zum Fenster hinaus.«

»Es waren sie?«

»Ja. *Militares.*«

»Draußen vor dem Haus.«

»Nicht vor unserem Haus. Aber *el barrio* – in der Nachbarschaft. Sie fingen gerade an, einige Straßen abzusperren. Ein Lastwagen voll mit diesen Kerlen und ein paar PKWs waren ebenfalls da. Und eventuell ein Hubschrauber. Wir horchten, doch wir konnten uns da nicht sicher sein.«

»Sie hatten also keine genaue Anschrift«, schlussfolgerte Carlos.

»Nein. Doch sie stiegen bereits aus und klopften an Türen, so wie es aussah. Sie waren überall.« Marcus schaute meinen Bruder und mich an. »Aber woher zum Teufel wussten sie, wo wir waren?«

»Weil jemand das Telefon benutzt hat, oder ist das etwa nicht passiert?«, fragte ich.

»Wir fanden nichts Schlimmes daran. Pilar sagte, sie könnten ihre Familien wissen lassen, dass es ihnen gut ging, und die Angehörigen warnen. Die sollten sich aus dem Staub machen, weil die Soldaten zu ihnen unterwegs sein würden, sobald sie merkten, was auf der Insel passiert war. Und Pilar betonte, es wäre eine gute Idee, wenn sie sich alle mit ihren sämtlichen Sachen bereitmachen würden, denn sie müssten auf irgendeine Weise von hier fliehen. Und sie erklärte, dass wir nicht mehr viel Zeit hätten. Ich konnte daran nichts Falsches erkennen«, fügte Marcus verzweifelt hinzu.

»Also«, stellte Carlos fest, der nun mich ansah, »muss ihm Bescheid gesagt worden sein ... Sobald jemand telefoniert hat, muss ihm und den anderen Mitgliedern der Gruppe Bescheid gesagt worden sein. Jemand muss ihn angerufen haben, um ihm die gute Nachricht mitzuteilen.«

»Aber Pilar ...«, warf Soledad ein. »Wo ist sie?«

Carlos hob seine Hand, damit sie schwieg. »Moment, Soledad«, sagte er. »Marcus, red weiter.«

»Wir entschieden, uns aufzuteilen. Es war die einzige Möglichkeit. Ich nahm zwei von ihnen. Wegen der Straßensperren konnten wir nicht den Wagen nehmen, doch wir durchquerten die Hinterstraßen in der Nähe vom Park und vom alten Museum. Als wir zum Park gelangten, brachte ich sie zu einem Bus, der in Richtung Stadtzentrum fuhr. Dann kam ich hierher und wartete auf euch, wie wir vereinbart hatten.«

»Und Pilar?«, fragte ich.

»Sie ging mit der anderen Frau. Mit Patricia. Sie gingen in die andere Richtung. Auf Palermo zu. Pilar sagte, sie würde auch hierherkommen, sobald sie es geschafft hatte, Patricia wegzubringen.«

»Wie lange, Marcus?«, hakte ich nach. »Wie lange sitzt du schon hier und wartest darauf, dass sie herkommt?«

»Eine halbe Stunde«, antwortete er.

Und schon stand ich wieder auf. Carlos rief hinter mir her, als ich durch das Restaurant rannte. Soledad wollte hinter mir her laufen, doch Carlos packte sie. In der Spiegelung der Glastür sah ich, wie sie alle drei dort hinten standen und mich beobachteten. Und dann war ich schon wieder draußen und in der unfreundlichen Dunkelheit. Ich spurtete auf das Haus zu und vernahm einen einzelnen Ruf, der hinter mir her hallte, und dann war auch dieser Laut verschwunden – verebbt im verblassenden Schimmer des Restaurants.

30. Kapitel

Ich schlängelte mich durch die Straßen. Die Gebäude stiegen über mir in die Höhe, während ich durch die endlosen Straßen und Gassen rannte.

Ich versuchte nach den Tönen von Sirenen und den Geräuschen von Soldaten zu horchen, während ich rannte. Doch es waren lediglich die üblichen Geräusche der Stadt bei Nacht zu hören und nichts anderes. Es gab den entfernten Verkehrslärm. Das Horn eines Nachtzuges, das eine Warnung hinaushupte. Ich eilte in eine breitere Allee hinein. Dort war mehr Verkehr. Ein paar Leute liefen umher und warteten an Bushaltestellen. Keine Spur von *los militares*. Noch nicht. Als ich die kleine Steigung hinunterschaute, sah ich, dass die Autofahrer ihre Gefährte ganz ruhig durch die Allee steuerten, ohne sich auch nur im Geringsten Sorgen zu machen, wie es schien.

Die harmlosen Gebäude – und zwar jedes von ihnen, das ich nunmehr kannte - konnten Fassaden für irgendetwas anderes sein. Selbst jetzt, während ich lief, gab es verstreut in der ganzen Stadt Bauwerke, Autowerkstätten, Geschäfte und Häuser, in denen Menschen mit einer Haube auf dem Kopf schweigend auf ihr Schicksal warteten. Es war schwer zu glauben. Selbst jetzt. Auch wenn ich ohne den geringsten Zweifel wusste, dass es der Wahrheit entsprach. Es war, als ob die Stadt sich irgendwie in sich selbst zurückgezogen hätte, während wir alle in die andere Richtung geschaut hatten.

Wenn ich jetzt in dieser kalten Cotswold-Nacht darauf zurückschaue, scheine ich wie in einem Traum zu rennen. Ich beobachte, wie die Gebäude über mir ohne Ende in die Höhe schießen - jedenfalls scheint es mir so -, und ich will mich selbst dazu zwingen, durch das Netz von Straßen und endlosen Gassen schneller zu laufen. Aber natürlich ist das sinnlos.

Ich war immer noch ein gutes Stück von dem Haus entfernt, als ich die Autos sah, die sich unten um die Allee herum drängten. Sirenen blitzten auf, warfen ihr flackerndes Licht auf die Straße und entlang der Wände von Gebäuden. In diesem einen, einzigen Moment erstarrte mein Verstand absolut, und ich schreckte davor zurück. Ich hielt an, blieb zitternd auf der Stelle stehen und ließ eine Art unterdrücktes Flüstern zwischen meinen Zähnen entweichen. Dann atmete ich ein und zwang mich mit einer gewaltigen Willensanstrengung dazu, mich in einen dunklen Hauseingang zu ducken. Ich wartete, bis ich wieder zu Atem gekommen war. Meine Haare drückte ich flach und wischte mir mit dem unteren Ende des T-Shirts durchs Gesicht. Anschließend trat ich so lässig wie möglich hinaus und marschierte auf die Allee zu.

Die Lichter der Autos schwammen vor meinen Augen. Die Entfernung zwischen mir und jener Straße schien jetzt riesiger zu werden, als ich näher herankam, sodass die unvermeidliche Menschenmenge bereits begann, sich aufzulösen, als ich sie schließlich erreichte. Mit größter Vorsicht bahnte ich mir einen Weg durch die Leute und stand schließlich neben einem ziemlich jungen Mann, der alles sehr aufmerksam beobachtete.

Ein neuerer Ford Falcon parkte am Rand der Straße. Ein Polizeiwagen blockierte eine Fahrbahn, und ein Soldat in Uniform leitete den Verkehr auf der anderen Straßenseite. Soldaten liefen umher und hielten mit ihren Maschinenpistolen, die auf ihren Hüften ruhten, die Menge auf Distanz.

Pilar stand allein dort und hatte ihr Gesicht von der Menschenmenge abgewandt. Ihre Hände waren auf den Rücken gefesselt. Der blonde Mann streckte den Arm zur Wagentür aus und öffnete sie. Beinahe höflich wartete er darauf, dass Pilar einstieg. Viel später, während seines Gerichtsverfahrens, sollte ich erfahren, dass er in den Lagern wohlbekannt war. Doch genau in diesem Augenblick verschwanden sämtliche Spuren von Pilar. Sie wurde systematisch aus den Geschichtsbüchern gelöscht, als ob sie nie existiert hätte. Dies stellten sie sicher.

Damals stand Pilar hochgewachsen und sehr herausfordernd vor der Wagentür. Sie drehte sich um und stemmte sich gegen die Männer, als ob sie spüren konnte, dass ich zuschaute. Ich fing an, mir einen Weg zu ihr zu bahnen. Mein Mund öffnete sich, um ihren Namen zu rufen. Es kümmerte mich nicht, was mit mir geschehen würde. Aber genau in diesem Augenblick sah ich ein Flackern in ihren Augen – sie erkannte mich! Und dann deutete sie ganz schwach ein Kopfschütteln an und schaute weg. Ich machte einen halbherzigen Schritt und blieb stehen. Und ich tat, um was sie mich gebeten hatte.

Meine Hände fielen seitlich nach unten, und ich stand vollkommen regungslos da. Die Kerle setzten sie hinten in das Auto, und das Letzte, was ich von Pilar sah, war ihr Profil, das für einen Moment im Seitenfenster eingefangen wurde. Sie zeigte keinerlei Furcht. Sie saß völlig regungslos da, und sie schaute nicht zurück.

Die Erinnerung an sie verblasst bereits. Selbst jetzt wird sie vom Absatz der Vergangenheit ausgedrückt. Nach all diesen Jahren ist ihr Name wirklich nur noch ein fernes Flüstern in diesen unbemerkten Cotswold-Nächten. Und wenn ich schließlich zu Bett gehe, wird es noch nicht einmal das sein. Manchmal aber scheine ich sie immer noch zu sehen, und es ist so, als ob sie mich von verschwommenen Horizonten aus beobachten würde – mit diesem ihr eigenen Gesichtsausdruck. Cool und abwägend und ein bisschen kritisch wie immer. Was würde sie jetzt von mir denken? Würde sie erfreut sein über die Karriere, die ich hier in diesem Land gemacht habe? Die Karriere, die ich mir wegen ihr ausgesucht hatte.

Ich bin älter geworden. Ein wenig langsamer zu Fuß. Auf meine eigene Weise bin ich jemand geworden, den man fürchten muss. Aber damals war ich jung und hilflos und den Mördern, die uns auf der Spur waren, in keinerlei Hinsicht gewachsen. Manchmal wünsche ich, dass ich hinter ihr hergerannt wäre, sodass ich ihr Schicksal hätte teilen können. Doch so, wie es war, trat Pilar ihrem Schicksal allein entgegen. Ich war einfach erstarrt und stand wie angewurzelt auf der Stelle, während der Ford Falcon wegfuhr. Und ich schaute zu, wie seine Rücklichter unten auf der Straße langsam verschwanden. Dann war sie weg.

Etwas Böses geht um in den Cotswolds …

James Marrison
EIN FINSTERER ORT
Kriminalroman
Aus dem Englischen
384 Seiten
ISBN 978-3-404-17475-1

In einem kleinen Dorf in den Cotswolds wird die Leiche eines Mannes gefunden, der zu Lebzeiten für etliche brutale Verbrechen im Gefängnis saß. Als die Ermittler Downes und Graves sein Haus durchsuchen, finden sie rätselhafte Fotos mit dem immer gleichen Motiv: Jungen, die in einem sterilen Raum auf einer Metallbahre liegen. Während Graves in London ermittelt, sucht Downes in den Cotswolds nach Hinweisen auf die Identität der Jungen und findet heraus, dass sie seit zwanzig Jahren als vermisst gelten …

Bastei Lübbe